Der Autor

Maik Blum ist ein kreativer Geist, der seine Hingabe an die visuelle Gestaltung und das Schreiben miteinander vereint. Ein einschneidendes Erlebnis brachte ihn dazu, die Welt aus einer neuen Perspektive zu betrachten und gab ihm völlig neue Möglichkeiten, sein Leben aktiv zu verändern. Die Erkenntnis, dass wir durch unsere Gedanken die Realität gestalten können, bildet die Grundlage vieler seiner Ideen. Es bereitet ihm große Freude, Geschichten zu erzählen und diese in einzigartiger Weise zu gestalten. Jede Seite seiner Werke, vom Inhalt bis zum Design, ist das Resultat seiner eigenen Schöpfung und Ausdruck seiner persönlichen Vision.

Maik Blum

Silberberg

JENSEITS DER GRENZEN

3. Auflage

© 2024 Maik Blum

Verlag: BoD · Books on Demand GmbH,
In de Tarpen 42, 22848 Norderstedt, bod@bod.de

Buchgestaltung: Maik Blum

Druck: Libri Plureos GmbH, Friedensallee 273,
22763 Hamburg

ISBN: 978-3-7693-1003-0

maik-blum.de

MIX
Papier aus verantwortungsvollen Quellen
Paper from responsible sources
FSC® C105338

FSC
www.fsc.org

Inhaltsverzeichnis

Vorwort.. 6

Kapitel 1: Eine unbekannte Welt.................... 11

Kapitel 2: Der alte Mann................................ 28

Kapitel 3: Die geheimnisvolle Höhle............. 41

Kapitel 4: Die Sprache der Bilder................... 60

Kapitel 5: Die innere Stimme.......................... 74

Kapitel 6: Zwischen den Welten...................... 93

Kapitel 7: Alles fügt sich................................. 117

Kapitel 8: Erkenntnisse................................... 149

Kapitel 9: Heimkehr.. 176

Vorwort

Schon lange trug ich den Wunsch in mir, eine ganz bestimmte Geschichte zu erzählen – eine Geschichte, die über die Jahre in meinem Kopf herangewachsen ist. Dass sie eines Tages als mein erstes Buch das Licht der Welt erblicken würde, hätte ich nie für möglich gehalten. Alles begann mit einem völlig anderen Projekt: einer Spielwelt, die ich zum Leben erweckte. Mit jeder neuen Idee wurde sie lebendiger, und ich verlor mich darin, Landschaften und Charaktere zu gestalten.

Nach und nach nahmen die Figuren und ihre Geschichten immer klarere Formen an. Der Ort, den ich für sie erschuf, wurde mir so vertraut, als hätte er schon immer existiert. Als ich schließlich ein Drehbuch für dieses Spiel schrieb, wurde mir klar, dass die Geschichte, die in mir lebt, weit über die Grenzen dieses Projekts hinausgeht. Sie sehnte sich danach, die Barrieren meines Geistes zu durchbrechen und als Buch ihren Weg zu den Menschen zu finden. Es war keine geplante Entscheidung, sondern vielmehr das Gefühl, einem inneren Ruf zu folgen, der mich auf einen neuen, aufregenden Weg lenkte.

Diese Geschichte entführt dich in eine Welt voller Rätsel, in der sich viele Einsichten erst nach und nach offenbaren. Die Reflexionen, die du hier findest, sind das Ergebnis meiner eigenen Reise – sie beruhen auf Erkenntnissen, die mein Leben nachhaltig verändert haben. Auch wenn die Erlebnisse der Geschichte nicht meine eigenen sind, basieren die zugrunde liegenden Lehren auf den Erfahrungen, die ich auf meinem Weg gemacht habe. Die Atmosphäre des Buches ist geheimnisvoll und mystisch, voller Gedanken, die dich vielleicht dazu einladen, deine Perspektive zu hinterfragen. Es könnte sein, dass du nach dem Lesen dieses Buches vieles anders siehst als zuvor.

Besonders dankbar bin ich meiner wunderbaren Frau, die mir auf so viele Weisen zur Seite steht. Sie ist der einzige Mensch, der – außer mir – an mich glaubt, auch in den Momenten, in denen ich selbst an mir zweifle. Ihre bedingungslose Liebe, Loyalität und ständige Unterstützung haben mich immer wieder ermutigt, meine Träume zu verfolgen, auch wenn der Weg manchmal schwierig war. Sie nimmt mich mit all meinen Stärken und Schwächen an, und allein durch ihre Präsenz fühle ich mich stärker und zuversichtlicher. Ohne sie hätte ich diesen Schritt nie gewagt, und für all das bin ich ihr von Herzen dankbar.

Ein tiefer Dank gilt auch meinen Testlesern, deren ehrliche Gedanken und wertvollen Rückmeldungen maßgeblich zur Entstehung dieses Buches beigetragen haben. Ebenso danke ich Wolfgang H., dessen Unterstützung mir in vielerlei Hinsicht unersetzlich war. Ein weiterer großer Dank gilt Franco A., dessen finanzielle Unterstützung es mir ermöglichte, meinen Traum zu verwirklichen und dieses Buch zu veröffentlichen.

Besonderer Dank gilt der Familie G. aus Hamburg, die mich in den dunkelsten Momenten meines Lebens aufgenommen und mir in schweren Zeiten ein Zuhause gegeben hat. Sie sind für mich wie eine Familie geworden, deren Liebe und Unterstützung mich getragen haben.

Ich danke ebenso meinen Eltern, die mir das wertvollste Geschenk gegeben haben, das man einem Menschen machen kann – das Leben. Auch wenn unsere Wege sich nicht immer im Einklang befanden, so bleibt diese Tatsache doch die Grundlage für alles, was mir möglich ist.

Und natürlich danke ich dir, lieber Leser, dass du dir die Zeit nimmst, dich auf diese Reise einzulassen und in diese Welt einzutauchen. Ich wün-

sche dir von Herzen eine bereichernde Leseerfah-
rung und hoffe, dass du in dieser Welt ebenso viel
Entdeckungen und Inspirationen findest, wie ich
sie beim Schreiben erleben durfte.

Kapitel 1

Eine unbekannte Welt

Warme Sonnenstrahlen kitzeln mein Gesicht und bahnen sich ihren Weg durch die Dunkelheit meines Schlafs. Langsam und zögerlich öffnen sich meine Augen, während mein Geist noch in einem Zustand der Leere verweilt, unfähig, die Umgebung zu erkennen oder zu verstehen, wo ich mich befinde. Es ist beängstigend, nicht zu wissen, wo ich bin oder was geschehen ist. Meine Gedanken sind verworren und jeglicher Versuch, mich daran zu erinnern, wie ich hierher gekommen bin, endet in einem unergründlichen Nichts.

Nachdem ich mir einen Moment Zeit genommen habe, um meine Sinne zu sammeln, richte ich meinen Blick auf die Kunstwerke, die liebevoll an den Wänden der Hütte angeordnet sind. Es ist erstaunlich, wie diese Bilder in der schlichten Umgebung der Hütte leuchten und zum Leben erwachen. Jedes dieser Werke erzählt eine eigene Geschichte, eine Geschichte von den Wundern der Natur, von vergangenen Zeiten und vielleicht sogar von den Träumen und Sehnsüchten des Künstlers selbst.

Ich verweile einen Augenblick länger, um die Details zu betrachten, die Pinselstriche zu bewundern und die Emotionen zu spüren, die von diesen Bildern ausgehen.

Von einem fesselnden Gemälde wird meine Aufmerksamkeit besonders angezogen. Es zeigt eine beeindruckende Landschaft mit grünen Hügeln und einem glitzernden Wasserfall, der ins Tal stürzt. Die lebendigen Farben des Himmels und der Natur strahlen eine friedliche Schönheit aus. Fasziniert nehme ich jedes Detail des Kunstwerkes in mich auf, als ob das Bild mir die tiefen Gefühle des Künstlers für die Natur offenbaren möchte.

Als mein Blick über die Signatur des Künstlers gleitet, entdecke ich einen merkwürdigen, aber seltsam vertrauten Namen.

»Renold von Silberberg«, murmle ich. Der Name klingt mir fremd, und doch schlägt mein Herz bei seinem Klang schneller, als würde er eine verborgene Erinnerung in mir erwecken.

Mit einem letzten Blick auf die malerischen Kunstwerke beschließe ich, mich nach draußen zu begeben. Vielleicht finde ich außerhalb dieser Hütte einen Anhaltspunkt darüber, wo ich mich gerade befinde.

Langsam öffne ich die Tür, und vor mir breitet sich eine atemberaubende Berglandschaft aus. Die majestätischen Gipfel ragen hoch in den Himmel und werden von einer sanften Brise umspielt, die den Duft von frischer Bergluft mit sich trägt. Ein tiefes Gefühl der Ehrfurcht erfüllt mich, als ich die Schönheit der Natur vor mir betrachte. Die Berge, die sich in der Ferne erstrecken, und die friedliche Stille, die die Luft erfüllt, lassen mich lebendiger fühlen denn je. Die Sonne steht hoch am Himmel und wirft ihre kraftvollen, leuchtenden Strahlen über das Land, das in einem goldenen Licht erstrahlt. Für einen Moment bleibe ich einfach stehen und erfreue mich an dem Anblick, der sich mir bietet. Es ist ein Augenblick der reinen Magie, in dem ich mich eins mit der Schönheit der Natur fühle.

Mein Blick fällt auf einen älteren Mann, der gegenüber an einer Hütte steht und ebenso die Aussicht auf die Berge zu genießen scheint. Seine gräulichen Haare glänzen leicht in der Sonne, und ein kurzer Stutzbart umrahmt sein freundliches Lächeln. Er strahlt eine Aura der Ruhe und Stärke aus, während er dort steht und die beeindruckende Kulisse betrachtet. Ein Gefühl von Vertrautheit und Respekt durchdringt mich, als ich zu ihm hinübergehe.

»Entschuldigen Sie«, beginne ich. »Können Sie mir sagen, wo ich hier bin?«

Mit einem beruhigenden Blick wendet sich der ältere Mann mir zu.

»Ah, du bist endlich wach«, sagt er mit einer zufriedenen Stimme. »Du befindest dich hier in Silberberg, direkt vor meiner bescheidenen Hütte.«

»Das ist wahrlich ein atemberaubender Anblick«, bemerke ich und deute auf die Berge. »Die Schönheit dieser Landschaft ist einfach überwältigend.«

Der ältere Mann nickt zustimmend.

»Ja, diese Berge tragen die Seele der Erde in sich. Es heißt, dass die Felsen Geschichten erzählen, die älter sind als die Zeit selbst. Sie sind die Hüter des Wissens und Bewahrer der Weisheit unserer Ahnen.«

Sein Ton klingt tief und melodisch, getragen von einer inneren Ruhe.

»Die Verbindung zwischen Mensch und Natur ist uralt und unzerstörbar. Wenn wir uns ihr öffnen und zuhören, können wir die verborgenen Botschaften der Natur verstehen und in harmonischem Einklang mit ihr leben.«

In seinen Augen spiegelt sich die Weisheit der Jahrhunderte wider und sein Wesen strahlt eine unendliche Tiefe aus. Gespannt und zugleich verwirrt, lausche ich seinen Worten.

»Das klingt ... interessant«, bemerke ich schließlich.

Als ich den alten Mann frage, wie ich hierhergekommen bin, schmunzelt er.

»Theodor hat dich im Wald gefunden und in Renolds Haus gebracht«, erklärt er.

Neugierig auf den Namen, den ich noch nie zuvor gehört habe, frage ich weiter: »Wer ist Theodor?«

»Er ist ein guter Freund, der auf dem Hof weiter im Tal lebt«, antwortet der ältere Mann und deutet auf den Weg vor uns. »Folge dem Pfad, und irgendwann wirst du den Hof zu deiner rechten Seite sehen. Theodor kennt die Berge und das Tal wie seine Westentasche. Wenn du mehr über deine Ankunft erfahren möchtest, solltest du mit ihm sprechen.«

»Das werde ich machen«, antworte ich und erkundige mich: »Wo finde ich den Besitzer des Hauses, in dem ich erwacht bin?«

Seine Augen scheinen für einen Moment zu verweilen, bevor er antwortet: »Du meinst Renold. Er wird seit einigen Tagen vermisst.«

Unruhe liegt in seiner Stimme, als er fortfährt. »Es macht uns allen langsam Sorgen.«

Mit einem Ausdruck von Mitgefühl verneige ich mich: »Ich werde meine Augen und Ohren offenhalten und dich umgehend informieren, sobald ich etwas über seinen Aufenthaltsort erfahre.«

Ein dankendes Lächeln huscht über das Gesicht des alten Mannes: »Das ist sehr freundlich von dir.«

»Ich mache mich dann mal auf den Weg. Danke für alles«, bekunde ich und verabschiede mich bei ihm.

Ich wende mich schließlich von dem alten Mann ab und mache mich auf den Weg zum Hof. Eine innere Unruhe treibt mich an, mehr über meine mysteriöse Situation herauszufinden. Mit jedem Schritt fühle ich mich entschlossener, den Rätseln, die mich umgeben, auf den Grund zu gehen.

Der leichte Wind streicht durch mein Haar, während das Zwitschern der Vögel die Luft mit harmonischen Melodien bereichert. Ich spüre, wie die Berge selbst mir Mut zusprechen, meinen Weg fortzusetzen, und die Umgebung mich mit ihrer Schönheit und ihrem Frieden begleitend unterstützt.

Eine Mischung aus Aufregung und Nervosität überkommt mich, als ich den Hof erreiche, auf dem Theodor lebt. Ich weiß nicht, was mich erwartet, aber ich bin entschlossen, Antworten zu finden.

Auf dem Hof entdecke ich einen jungen Mann, der gerade dabei ist, die Schweine zu füttern.

Ich eile zu ihm und rufe fragend: »Theodor?«

Überrascht dreht er sich um und seine Miene hellt sich auf, als er mich erkennt.

»Ja, der bin ich«, entgegnet er mir.

»Kann ich kurz mit dir sprechen?«, bitte ich ihn.

»Natürlich! Was gibt es denn?«, antwortet er prompt.

»Ich habe ein paar Fragen über das, was passiert ist, bevor ich hier aufgewacht bin. Kannst du mir mehr darüber sagen?«

Theodor nickt freundlich und führt mich zu einer kleinen Lagerfeuerstelle hinter dem großen Bauernhof. Der Platz liegt etwas versteckt, umgeben von alten Baumstümpfen und niedrigen Sträuchern, die uns vor neugierigen Blicken abschirmen. Wir setzen uns, und gemeinsam beginnen wir, die ungelösten Geheimnisse zu erkunden, nach Antworten zu suchen, die ich so sehr brauche. Dankbarkeit erfüllt mich, während Theodor mir aufmerksam zuhört und verspricht, mir so gut wie möglich zu helfen.

»Die Erinnerung daran ist mir noch so klar wie eh und je. Ich war gerade dabei, den Schweinen ihr Futter zu bringen, als plötzlich ein gleißendes Strahlen aus dem dichten Wald emporstieg. Es war, als ob dieses Licht mich magisch anzöge und mich direkt zu seinem Ursprungspunkt führen wollte. Ich konnte nicht anders, als diesem Ruf zu folgen, und so eilte ich dem hellen Schein entgegen. Als ich bei der Quelle des Lichts ankam, entdeckte ich eine Engelstatue, die mitten im Herzen des Waldes stand, und dort sah ich dich bewusstlos am Boden liegen«, erklärt Theodor.

Ich lausche gebannt seinen Worten. Er erzählt die Geschichte mit einer Lebhaftigkeit und Ausdruckskraft, die mich förmlich in das Geschehen eintauchen lässt. Die Atmosphäre um uns herum wird mit jedem Detail dichter, intensiver, und ich fühle mich, als würde ich selbst Zeuge der Geschehnisse werden.

Mit jeder Erzählung wird die Aufregung in Theodor spürbarer, und ich sehe die Einzelheiten lebendig vor meinem Auge. Als ob ich in eine andere Zeit und an einen anderen Ort versetzt werde, so fern von meiner Realität und doch so nah und greifbar, als könnte ich sie mit den Händen berühren.

»Es war seltsam, unglaublich seltsam. Ein solches Licht habe ich noch nie zuvor gesehen. Als würde es die Dunkelheit durchdringen und die Nacht in helles Tageslicht verwandeln. Doch zugleich war es beängstigend, als ob es eine Macht besäße, die weit über unser Verständnis hinausging«, fährt Theodor fort.

Seine Worte hallen in mir nach, und ein prickelndes Gefühl breitet sich in mir aus. Mein Herz pocht schneller, und ich spüre den Nachklang der Faszination und des Unbehagens, das Theodor beschreibt.

»Es fühlte sich an, als hätte die Zeit stillgestanden.« Seine Stimme wird nun leiser, fast ehrfürchtig. »Als ob der Wald den Atem anhielt und die Natur selbst auf dieses unheimliche Phänomen reagierte. Ich hatte das Gefühl, dass ich einer uralten Macht gegenüberstand, einer Kraft, die jenseits unserer Vorstellung liegt.«

Die Intensität der Situation manifestiert sich förmlich in Theodors Erzählung. Es fühlt sich an, als stehe ich selbst am Rand des Waldes und erlebe das geheimnisvolle Licht in all seiner Pracht. Die Vorstellung erfüllt mich mit einer Mischung aus Ehrfurcht und Neugier, und ich frage mich, welches Geheimnis hinter diesem unerklärlichen Phänomen verborgen liegt. Obwohl ich Theodor erst seit Kurzem kenne, fühlt es sich an, als begleite er mich schon mein ganzes Leben. Alles scheint vertraut und doch so geheimnisvoll.

»Lass uns gemeinsam an den Ort gehen, wo ich dich gefunden habe. Vielleicht finden wir dort Antworten auf all die Fragen, die uns beschäftigen«, schlägt Theodor vor.

Ich nicke zustimmend, und wir machen uns auf den Weg zum Wald. Unterwegs halten wir an einem idyllischen, malerischen See, in dessen Mitte eine kleine Insel liegt, die über eine Holzbrücke zu erreichen ist. Mit Blick auf das ruhige Wasser zeigt Theodor auf einen jungen Mann.

»Siehst du dort drüben den Fischer Berthold? Er verbringt viel Zeit auf seiner kleinen Insel, die er wie seinen eigenen Schatz hütet.«

Ich folge mit meinem Blick der Handbewegung von Theodor und tauche ein in die friedliche Stimmung, die sich vor uns ausbreitet. Meine Augen gleiten über den glitzernden See, auf dem das seichte Wellenspiel wie eine Melodie wirkt. Die ruhige Oberfläche spiegelt den klaren Himmel und die umliegende Landschaft wider, als würde sie die Schönheit der Welt in ihrem klaren Gewässer einfangen. In der Ferne erheben sich die Berge, die sich stolz gegen den Horizont abzeichnen und dem Ganzen eine erhabene Kulisse verleihen. Ich kann förmlich die Ruhe und Gelassenheit dieses Ortes spüren, während ich mich in die malerische Idylle vertiefe.

Theodor deutet mit einer Handbewegung auf einen Hügel: »Und dort, siehst du die Hütte? Da wohnt er.«

Der ausgestreckte Finger von Theodor lenkt meine Aufmerksamkeit erneut, und ich lasse meinen Blick über die grünen Hügel schweifen, bis ich die Hütte auf dem Gipfel erblicke. Sie thront über der Landschaft wie ein König über seinem Reich, und das warme Sonnenlicht umspielt ihre Holzstrukturen.

»Und sieh mal dort, das ist das Sägewerk der Brüder Rolf und Konrad. Zwei fleißige Männer, die mit ihren Händen wahre Wunder vollbringen. Du solltest sie unbedingt kennenlernen«, fährt er fort.

Zustimmend nicke ich, während sich die atemberaubende Umgebung in mein Gedächtnis einprägt. Ich nehme jedes einzelne Detail dieses magischen Moments auf, als ob ich ihn für immer festhalten möchte. Wie eine beruhigende Melodie umhüllen mich die Klänge der Natur und schenken mir Frieden. Ich spüre die Erde unter meinen Füßen, fest und doch lebendig.

Wir setzen unsere Reise fort und machen uns auf den Weg, zu dem Ort, der das Rätsel meiner hiesigen Ankunft birgt. Mit jedem Schritt steigt die Spannung in der Luft und mein Pulsschlag beschleunigt sich spürbar, als wir schließlich unser Ziel erreichen.

Die Umgebung wirkt wie einem Märchen entsprungen. Der Wald erstrahlt im warmen Licht der untergehenden Sonne, während die Vögel ihre

Abendlieder singen. Die Bäume wirken fast lebendig, als würden sie mich mit offenen Armen empfangen und mir den Weg weisen. Ich betrachte die Umgebung mit ehrfürchtigem Staunen, während ich mich auf das Abenteuer einlasse, das vor mir liegt.

Die Bäume ringsum strahlen eine geheimnisvolle Energie aus, die mich in ihren Bann zieht. Jeder Baum scheint eine Geschichte erzählen zu wollen, von verborgenen Wundern, die wohl tief in den Wurzeln der Erde verborgen liegen. Die Luft ist erfüllt von einem magischen Gefühl, das mich umhüllt und in eine Welt jenseits der Realität zu entführen scheint. Alles um mich herum wirkt unwirklich, als würde ich durch ein Gemälde wandeln und die Schwelle zu einer anderen Dimension überschreiten, wo die Grenze zwischen Traum und Wirklichkeit verschwimmt und das Unmögliche möglich wird.

Inmitten des Waldes entdecke ich eine kleine Lichtung, auf der eine imposante Engelstatue steht, umgeben von einem sanften Schein. Ihre Flügel breiten sich weit aus, als ob sie über den ganzen Wald wachen würde, und ihre Augen scheinen in die Unendlichkeit zu blicken. Ein unwiderstehlicher Drang, mich ihr zu nähern, erfüllt mich, als ob sie mich mit unsichtbaren Fäden anzieht. Eine geheimnisvolle Energie durchströmt meine Adern und erfüllt mein Herz mit einem unbeschreiblichen Gefühl. Als ob die Statue eine unsichtbare Verbindung zu mir aufbaut, die mich immer tiefer in ihren Bann zieht, je näher ich ihr komme. Plötzlich bricht eine Stimme die Stille, und ich bleibe wie verzaubert stehen. Sie klingt wie eine Brise des Windes, zart und dennoch kraftvoll. Die Stimme trägt eine Botschaft der Hoffnung und des Trostes in sich.

»Sei gesegnet auf deinem Weg. Deine Reise ist ein Pfad der Erkenntnis und des Wachstums. Mögest du stets die Führung des Göttlichen in deinem Herzen spüren. Unsere Wege werden sich erneut kreuzen und die Sterne uns leiten.«

Die Worte hallen in meinem Inneren wider und erfüllen mich mit einer unbeschreiblichen Energie. Ich bin fasziniert von der Schönheit und dem Frieden, den die Stimme ausstrahlt, und spüre, wie sich mein Herz öffnet für die Geheimnisse dieser mysteriösen Welt. Zugleich bin ich verwirrt und blicke zu Theodor.

»Hast du auch diese Stimme gehört?«, frage ich ihn. Theodor schüttelt den Kopf: »Nein, ich habe nichts gehört.«

Ich bin verwirrt, doch anstatt mich davon überwältigen zu lassen, erwacht in mir ein unbeugsamer Entschluss, diesen Rätseln auf den Grund zu gehen, sie zu entwirren und die Geheimnisse zu ergründen, die mein Schicksal umgeben. Je tiefer ich mich in die Schatten der Ungewissheit wage, desto stärker wird meine Entschlossenheit.

»Hast du gefunden, wonach du gesucht hast?«, erkundigt sich Theodor mit einem müden Blick, der darauf deutet, dass er zurück zum Hof möchte.

»Ich habe leider nicht annähernd etwas gefunden, das mir einen Hinweis darauf gibt, wie ich hierher gelangt bin. Vielleicht sehe ich mich hier noch einmal tagsüber um. Wir sollten wieder zurück gehen,« antworte ich ihm.

Die Nacht bricht herein und enthüllt ein funkelndes Meer aus Sternen am Himmel, der über mir in seiner ganzen Pracht erstrahlt. Der Vollmond erhebt sich über den Horizont und taucht die Landschaft in ein silbriges Leuchten. Ich spüre die Magie dieser nächtlichen Stunde und lasse mich von ihrer Schönheit und Mystik verzaubern.

Theodor geleitet mich zurück zum Hof, wo in der Dunkelheit eine kleine Hütte hervorragt, wie ein sicherer Hafen inmitten eines stillen Meeres. Das Licht im Inneren strahlt eine Behaglichkeit aus, die mich dazu einlädt, dort zu ruhen. Der Duft von Holz und Erde schwebt in der Luft und umschmeichelt meine Sinne, während ich spüre, wie meine müden Glieder der Erschöpfung allmählich nachgeben und sich der Ruhe hingeben möchten.

Mit einem Wunsch für eine erholsame Nacht, begleitet von Träumen und Erkenntnissen, verabschiedet sich Theodor mit einem liebevollen Lächeln:

»Du darfst dich gerne in der Hütte ausruhen. Sie ist schon seit Längerem unbewohnt, und manchmal ziehe ich mich darin zurück. Das Bett ist frisch bezogen, und der Kamin müsste noch warm sein.«

Dankbar für die Herzlichkeit und Geborgenheit, die mir in dieser fremden Umgebung entgegengebracht werden, erwidere ich seine Freundlichkeit.

Ich trete durch die Tür der Hütte in die Stille des Raumes ein. Das Feuer des Kamins und das gedämpfte Flackern der Öllampe tauchen den kleinen Raum in ein gemütliches Licht. In einer Ecke steht ein rustikales Bett aus grobem Holz, dessen Decken weich und einladend wirken. Als ich mich darauf niederlasse, spüre ich, wie meine müden Muskeln nach einem langen Tag der Reise langsam nachgeben. Das Bett umschließt mich wie eine vertraute Umarmung, und die friedliche Atmosphäre des Ortes lädt meinen Geist zur Ruhe ein.

Mit einem Griff zur Öllampe, die neben mir auf dem Nachttisch steht, drehe ich am Rädchen und lösche das Licht. Ich schließe meine Augen und lausche dem leisen knisternden Kaminfeuer, das wie eine beruhigende Melodie wirkt und mich in den Schlaf wiegt.

Kapitel 2

Der alte Mann

Ich finde mich in einer ungewöhnlichen und rätselhaften Umgebung wieder. Ein eigenartiges Piepen
dringt an meine Ohren, rhythmisch wie der Schlag
meines Herzens. In der Ferne erklingt das gedämpfte Schluchzen von Menschen, während alles
um mich herum in einem nebligen Schleier zu verschwimmen scheint, der meine Sicht trübt.

Plötzlich taucht ein Gesicht in meiner unschar-
fen Wahrnehmung auf, so nah, dass ich die feinen
Linien und Konturen erfassen kann. Es ist das Gesicht des älteren Mannes, dem ich bei der Berghütte
begegnet bin.

»Wach auf!«, ruft er mir zu.

Ich öffne meine Augen und finde mich in der vertrauten Umgebung der Hütte wieder, in der ich
eingeschlafen war. Der Traum hallt noch lebhaft
in meinem Geist wider, jedes Detail kristallklar,
als wäre es eine Erinnerung. Das Gesicht des alten

Mannes bleibt mir besonders deutlich vor Augen und ich stelle mir die Frage, was seine Anwesenheit in meinem Traum zu bedeuten hat.

Obwohl die Morgendämmerung gerade erst anbricht, drängt es mich, zur Hütte des alten Mannes zu gehen. Vielleicht finde ich dort eine Verbindung zwischen ihm und meinem seltsamen Traum.

Ich wandere durch die malerische Landschaft und erblicke eine Festung, die hoch über den Felsklippen thront. Ein riesiges Tor scheint den Zugang zu versperren, und obwohl mich brennend interessiert, was sich dahinter verbirgt, beschließe ich, vorerst weiterzugehen. Vielleicht kann ich später zurückkehren, um das Geheimnis dieses Gemäuers zu lüften.

Ich setze meine Reise fort, und vor mir entfaltet sich eine Welt von unvergleichlicher Schönheit. Die Sonne, die langsam über die Gipfel emporsteigt, verwandelt die Landschaft in ein schimmerndes Meer aus Gold und Bernstein. Ihre Strahlen streifen die grünen Hügel und die saftigen Wiesen. Die Welt erwacht zu einem neuen Tag voller Möglichkeiten und Geheimnisse.

Als ich mich der Hütte des alten Mannes nähere, ist keine Spur von ihm zu sehen.

»Vielleicht ruht der alte Mann noch,« denke ich mir.

Mein Blick wendet sich gegenüber zu Renolds Haus, und die Neugier treibt mich an, es nach Hinweisen zu durchsuchen. Vielleicht entdecke ich dort etwas, das mir weiterhilft.

In Renolds Haus spüre ich die Präsenz vergangener Tage, die in den alten Möbeln und den seltsam vertrauten Gegenständen widerhallt. Das Knarren des Holzbodens unter meinen Schritten erinnert mich daran, dass jedes Haus seine eigene Geschichte erzählt. Ich durchsuche sorgfältig jeden Raum und öffne alle Schränke, in der Hoffnung, einen Gegenstand zu finden, der Licht in das Dunkel meiner Fragen bringt.

Während meiner Suche fällt mein Blick auf einen alten, verstaubten Schreibtisch, der in einer Ecke des Raumes steht. Auf der Tischplatte liegt ein aufgeschlagenes Buch, dessen Seiten vergilbt und von der Zeit gezeichnet sind. Vorsichtig blättere ich um und entdecke eine merkwürdige Zeichnung eines Schlüssels, umgeben von wirbelnden Linien und mysteriösen Symbolen. Darunter steht eine Nachricht:

Du bist das älteste Wesen in diesem Tal, ein Zeuge vergangener Zeiten und Bewahrer unzähliger Geheimnisse. Deine mächtigen Arme strecken sich gen Himmel, als würden sie die Weisheiten des Lebens empfangen. Und zu deinen Füßen erblühen Blumen von einer Schönheit, die unerreicht ist. Ihre zarten Blüten schimmern in den Farben des Sonnenuntergangs und verströmen einen betörenden Duft, der die Luft erfüllt und die Sinne betört. Sie sind einzigartig und kostbar, denn nur an diesem heiligen Ort finden sie Nahrung und Schutz.

Ein Rätsel, das meine Neugier weckt und mich gleichzeitig vor eine Herausforderung stellt. Ich vermute, dass dieser Schlüssel die Tür zum oberen Geschoss öffnet, wo sich vielleicht etwas findet, das mir bei meiner Suche nach Antworten helfen könnte. Vorsichtig reiße ich die Seite aus dem Buch und nehme sie an mich. Ich werde mich später auf die Suche begeben, um herauszufinden, was sich dort befindet.

Indessen ich Renolds Haus nach weiteren Hinweisen durchsuche, fallen mir die zahlreichen Bilder an den Wänden besonders auf. Sie wirken lebendig und pulsierend, als würde ich durch die Zeit reisen und die dargestellten Ereignisse aus erster Hand miterleben. Die Bilder scheinen eine wichtige Botschaft zu verbergen, die nur darauf wartet, entdeckt zu werden.

Ich verweile einen Moment länger vor einem besonders eindrucksvollen Gemälde, das mich mit seiner Tiefe in einen unwiderstehlichen Sog zieht. Die Farben sind so intensiv, dass es fast so wirkt, als würden sie von innen heraus leuchten. Vor meinen Augen entfaltet sich ein verzauberter Wald mit schimmernden, schwebenden Lichtern, die durch die Bäume flimmern, und geheimnisvolle Kreaturen, die zwischen den Schatten huschen. Im Hintergrund erhebt sich ein funkelnder Wasserfall, dessen Wasserstrahlen im Sonnenlicht wie Diamanten glitzern. Ich fühle mich, als würde ich in diese traumhafte Welt voller Abenteuer und Geheimnisse eintauchen, während ich die Details dieser faszinierenden Darstellung erkunde.

Jedes Bild wirkt wie ein Kapitel in einem unendlichen Buch voller Erzählungen vergangener Abenteuer, und ich spüre die Energie des Künstlers, der mit jedem Pinselstrich einen Teil seiner eigenen Geschichte offenbart. Diese Gemälde sind mehr als nur Kunstwerke an einer Wand. Sie sind ein Fenster in die Seele des Hauses, ein Spiegelbild der Vergangenheit, das mich daran erinnert, dass wir alle unsere eigene Geschichte mit uns tragen.

Die Zeit verfliegt, und ich befürchte, dass der alte Mann nicht so rasch auftauchen wird wie erhofft. Dennoch gebe ich nicht auf, fest davon überzeugt, dass seine Weisheit und sein Wissen mir weiterhelfen werden.

Ich verlasse Renolds Haus und mache mich schließlich auf den Weg zur Hütte des alten Mannes. Als ich sie erreiche, umhüllt mich eine Stille, die fast greifbar scheint. Nicht ein einziger Schatten oder Ton zeugt von menschlicher Anwesenheit. Vorsichtig klopfe ich an die Tür, doch kein Echo meiner Geste kommt zurück. Der Eingang zur Hütte ist jedoch unverschlossen, und ich wage mich zögerlich hinein. Mit leiser Stimme rufe ich nach jemandem, aber die Stille bleibt unerbittlich. Es fühlt sich falsch an, weiter in diesem fremden Domizil zu verweilen, also entscheide ich mich dazu, wieder ins Freie zu treten.

In dem Moment, in dem ich die Schwelle hinter mir lasse, zieht mein Blick zum Himmel, wo ein mysteriöses, helles Licht seinen Weg durch die Dämmerung bahnt und sich an einem bestimmten Ort zu verdichten scheint. Meine Neugier ergreift mich, und ohne zu zögern, folge ich diesem rätselhaften Schein. Vor mir offenbart sich die eindrucksvolle Erscheinung einer Engelsstatue, ähnlich der, die ich am vorigen Abend im Wald entdeckt habe. Die Faszination, die von ihr ausgeht, ist unbestreitbar. Ich fühle mich erneut wie magisch angezogen. In dem Moment, als ich mich ihr nähere, durchdringt mich ein weiteres Mal eine sanfte Stimme.

»Wenn du begehrst, das Rätsel zu lösen, welches mein Wirken und deine Bestimmung verknüpft, so sei bei Einbruch der Dunkelheit an der Statue im Wald.«

Diese Worte tragen eine unbeschreibliche Wärme und Güte in sich. Doch sie verblassen schnell, und die natürlichen Klänge der Welt kehren zurück.

Ich erblicke den alten Mann, der etwas weiter entfernt Kräuter sammelt. Ohne zu zögern, mache ich mich direkt auf den Weg zu ihm. Er steht unter dem Licht des Morgenscheins, und seine Gestalt hebt sich vor dem Hintergrund des dichten Waldes ab. Mit einer silberglänzenden Sichel schneidet er behutsam Gewächse ab, die er sorgsam in einen Beutel legt. Ich beobachte fasziniert, wie er sich mit einer tiefen Hingabe dieser Aufgabe widmet, während um ihn herum die Welt in friedlicher Ruhe zu verweilen scheint. Der alte Mann verkörpert eine innige Verbundenheit mit der Natur.

Ein herzliches Lächeln erscheint auf seinem Gesicht, als er mich bemerkt, und er fordert mich auf, näherzutreten. Gemeinsam betrachten wir eine Pflanze, deren Blüten eine einzigartige Schönheit besitzen. Ihr Leuchten vermittelt mir eine heilende Energie, die ich tief in mir spüre.

Der alte Mann beginnt zu erzählen, und seine Worte tragen wieder eine Weisheit in sich, die die Luft um uns herum erfüllt. Er spricht von den verborgenen Kräften der Pflanze und von deren unsichtbaren Verbindung zur göttlichen Ordnung. In seiner Erzählung offenbart er die unzähligen Wunder, die diese Pflanze zu bewirken vermag. Nicht nur physisch, sondern auch auf einer tieferen, feinstofflichen Ebene.

Während ich seinen Worten lausche, spüre ich, wie mein Geist sich öffnet und in Resonanz mit seiner Weisheit schwingt. Er lehrt mich, dass die Antworten auf unsere Fragen nicht nur in den äußeren Erscheinungen der Welt liegen, sondern auch tief in unserem Inneren und in der uns umgebenden Natur verborgen sind. Jeder Windhauch, jedes Blatt und jede Blume tragen eine Botschaft, wenn wir bereit sind, sie wahrzunehmen.

In diesem Moment erkenne ich, dass wir alle ein Teil eines größeren Ganzen sind, einer universellen Matrix, die alles miteinander verbindet. Die Natur ist nicht nur eine äußere Kulisse, sondern ein Spiegel unserer eigenen Seele, der uns ständig daran erinnert, uns selbst und die Welt um uns herum in vollkommender Hingabe zu genießen. Und so verstehe ich, dass die Reise der Selbsterkenntnis untrennbar mit dem Wunder der Natur verbunden ist.

Trotz meines unstillbaren Verlangens nach Wissen bin ich bereit, dem alten Mann zu vertrauen und seinen Worten zu folgen. Als er mich mit einem fragenden Blick ansieht, scheint er bereits zu wissen, was meine Worte sein werden.

»Du bist doch sicherlich aus einem bestimmten Grund zu mir gekommen«, spricht er.

Ich erzähle ihm von meinem seltsamen Traum und von dem starken Gefühl der Verbindung, das ich zu ihm empfinde. Die Gewissheit, dass er mehr über meine Bestimmung weiß, lässt mich nicht los.

Der alte Mann antwortet mit einem verschmitzten Lächeln: »Es ist gut möglich, dass ich mehr weiß, doch bevor ich meine Geheimnisse mit dir teile, möchte ich, dass du mir einen kleinen Gefallen erweist.«

Trotz der Neugier, die in mir lodert, spüre ich, dass es das Richtige ist, ihm seinen Wunsch zu erfüllen, wohin auch immer sein Weg mich führen wird.

Seine Augen strahlen vor Freude, als ich ihm mein Versprechen gebe, seiner Bitte nachzukommen. Sein Gesicht erblüht regelrecht, als hätte mein Zuspruch nicht nur seine Erwartungen erfüllt, sondern auch eine tiefe Verbundenheit zwischen uns geschaffen.

»Ich bin übrigens Anton«, verrät er mir.

In einem Augenblick voller Magie beginnt Anton von einer verborgenen Höhle im Herzen des Waldes zu erzählen – eine geheimnisvolle Kammer, die erst kurz nach dem Verschwinden von Renold aus den Schatten der Bäume hervorgetreten ist. Faszination umgibt seine Worte, während er mir von den Gerüchten über diese unergründliche Höhle berichtet und von den Geheimnissen, die sie möglicherweise birgt.

Ein Gedanke, so flüchtig wie der Wind, durchzieht meinen Verstand. Könnte diese Höhle etwas mit dem rätselhaften Verschwinden von Renold zu tun haben? Stille liegt in der Luft, durchbrochen nur vom leisen Rascheln der Blätter im Wind, als ich Anton darauf anspreche. Seine Augen scheinen für einen Moment in die Ferne zu schweifen, bevor er mich mit einem erleichterten und ermutigenden Nicken ansieht.

Ich spüre eine unerwartete Gewissheit in mir, die

mich dazu auffordert, dem Ruf der Höhle zu folgen und die Rätsel ihrer Dunkelheit zu ergründen.

Anton überreicht mir bei unserem Abschied eine strahlende Blüte. Die Bedächtigkeit seiner Geste lässt erahnen, dass sie etwas Besonderes ist. Ihre Blätter schimmern im Licht, als würden sie eine verborgene Weisheit in sich tragen. Ein Brise Blütenduft steigt in die Luft, als ich die zarte Gabe in meinen Händen empfange, als wäre sie ein kostbares Geschenk aus einer fernen, vergessenen Welt.

Er versichert mir, dass ich erkennen werde, wann ich diese Blüte benötige. Dankbarkeit erfüllt mich, als ich sie betrachte, und ein leises Gefühl sagt mir, dass sie ein Schlüssel zu den Geheimnissen dieser Welt sein könnte. In meiner Hand breitet sich eine wohlige Wärme aus, tröstend und vertraut.

In diesem Moment scheint die Zeit stillzustehen. Die Blume berührt nicht nur mein äußeres Selbst, sondern auch mein innerstes Wesen und verbindet mich mit der tiefen Essenz der Natur. Diese Blüte ist mehr als nur eine einfache Pflanze. Sie ist ein Symbol für die Kräfte und Geheimnisse, die in der Natur verborgen liegen.

Während ich mich darauf vorbereite, den Weg zur Höhle anzutreten, kommt mir der Gedanke, dass Renolds Haus auf dem Weg liegt. Vielleicht finde ich dort eine kleine Schachtel oder einen Behälter, um die Blume sicher zu verwahren. So trage ich diese Blüte wie ein kostbares Juwel in meiner Hand und mache mich auf den Weg. Als ich das Haus erreiche, durchsuche ich es gründlich. In einem seiner Schränke werde ich schnell fündig und entdecke eine kleine Schachtel, die perfekt für die Aufbewahrung der Blume geeignet ist. Mit äußerster Vorsicht lege ich sie hinein und schließe die Schachtel sorgsam, um diese auf meiner Reise zu schützen. Ich verlasse Renolds Haus und setze meinen Weg fort.

Als ich Richtung Wald wandere, muss ich daran denken, was Anton mir erzählt und gezeigt hat. Doch trotz der Verwirrung, die in meinem Geist herrscht, fühle ich eine gewisse Klarheit, die sich langsam in mir ausbreitet. Als ob eine verborgene Wahrheit langsam an die Oberfläche kommt.

Kapitel 3

Die geheimnissvolle Höhle

Nachdem ich eine Weile durch das üppige Grün gewandert bin, erreiche ich endlich den dichten Wald. Mit jedem Schritt, den ich in sein Inneres setze, spüre ich die pulsierende Kraft, die in den Bäumen fließt, als ob der Wald selbst atmet und zum Leben erwacht.

Ich durchstreife die schattigen Pfade eine Weile, verloren in der zeitlosen Schönheit der Natur, bis ich plötzlich vor einem Höhleneingang stehe. Über dem Eingang schwebt auf seltsame Weise eine Statue, ihr Gesicht von Moos überwachsen und durch die Spuren vergangener Jahre gezeichnet. Magie umgibt sie, während sie stumm über das Reich der Dunkelheit wacht. Als ich ein Stück in die Höhle hineingehe, treffe ich auf eine Steinwand, die meinen Weg versperrt. Kein Hinweis, keine Spur, wie ich weiter vordringen könnte. Ich kehre ratlos zum Hof zurück und werde Theodor um Hilfe bitten — niemand kennt diesen Ort besser als er.

Während ich den Pfad zurück zum Hof entlanggehe, erlaube ich meinen Blicken, über die friedliche Landschaft zu schweifen. Das Gras wiegt sich in der sanften Brise, die Blumen am Wegesrand leuchten in den Strahlen des Tageslichts, und das Zwitschern der Vögel begleitet mich auf meinem Weg. Dieser friedliche Moment hätte beinahe meine Sorgen verschwinden lassen, doch dann erinnere ich mich wieder, dass mir immer noch nicht klar ist, wer ich bin, woher ich komme und wie ich an diesen Ort gelangt bin. Der Gedanke an das rätselhafte Verschwinden von Renold von Silberberg beschäftigt mich ebenso. Wieso verschwand Renold, während ich auf so seltsame Weise hierher gekommen bin? Welche Verbindung hat sein Verschwinden mit der Höhle?

Eine unersättliche Neugier treibt mich dazu, seiner Abwesenheit auf den Grund zu gehen. Ich habe das Gefühl, dass die Suche nach ihm mir Klarheit über meine eigene Existenz bringen wird.

Als ich den Hof erreiche, bemerke ich einige Menschen, die angeregt miteinander diskutieren. Unter ihnen ist auch Theodor, der mich mit einem nachdenklichen Blick begrüßt. Ich gehe auf ihn zu und frage ihn nach dem verborgenen Zugang zur Höhle. Doch bevor er antworten kann, verstummen die anderen, und eine geheimnisvolle Stille legt sich über die Szene, als würden sie alle etwas verbergen wollen. Auch wenn es mich brennend interessiert, was da vor sich geht, lasse ich die kleine Versammlung in ihrem Schweigen verharren und richte meine Aufmerksamkeit wieder auf Theodor. Ich erkundige mich erneut bei ihm nach dem Zugang zur Höhle, und seine Antwort lässt mich die Stirn runzeln. Bedauernd erklärt er, dass er selbst keinen Eingang gefunden hat. Ein Seufzen entweicht mir, während ich seine Worte verarbeite. Theodor wirkt genauso ratlos wie ich. Er erwähnt jedoch, dass der Fischer Berthold möglicherweise mehr über die Höhle weiß und dass die Brüder Rolf und Konrad, die oft im Wald unterwegs sind, jeden Winkel des Waldes kennen.

Ich bedanke mich bei ihm und mache mich auf den Weg, um zunächst den Fischer zu finden. Doch bevor ich aufbrechen kann, spricht mich eine junge Frau an und bittet um einen Augenblick meiner Zeit. Sie ist von zierlicher Statur, mit braunen, seidigen Haaren, und ihre Augen funkeln wie Diamanten im Sonnenlicht. Über ihr Gesicht verteilen sich Sommersprossen wie Sternenstaub und verleihen ihr eine bezaubernde Unschuld. Ihr Lächeln ist herzlich und vertraut, als ob es eine Erinnerung an vergangene Zeiten weckt.

Sie nimmt meine Hand, und ihre zarten Finger

umschließen sie mit einer wohligen Wärme. Ich lasse mich von ihr führen, als ob wir bereits eine unsichtbare Verbindung haben. Ich folge ihr bis hinter das Haus des Hofes, wo eine weitere Engelsstatue inmitten der Lichtung steht. Gemeinsam betreten wir den abgeschiedenen Ort, wo sie über die Umgebung wacht.

Die junge Frau lächelt, und in ihren Augen liegt ein zarter Glanz der Erleichterung, als sie zu sprechen beginnt: »Schön, dass du mitgekommen bist. Ich bin Alma.«

Ihr Lächeln ist warm und einladend, und ich kann nicht anders, als es zu erwidern: »Ich hatte ja nicht wirklich eine Wahl. Freut mich, dich kennenzulernen.«

Meine Worte klingen aufrichtig, während ich versuche, die Nervosität zu überspielen, die in mir aufsteigt.

Neugierig frage ich Alma: »Verrätst du mir, warum du mich hierhergeführt hast?«

Meine Augen fixieren ihre, während ich auf ihre Antwort warte. Ich spüre eine unerklärliche Verbindung zwischen uns, als ob unsere Seelen sich auf einer tiefen Ebene bereits kennen würden.

Almas Stimme klingt voller Lebendigkeit, als sie zu erzählen beginnt: »Spürst du auch diese Energie?

Ich bin mir sicher, dass sie etwas mit dieser Engels-statue zu tun hat.« Ihr Blick verweilt einen Moment auf der majestätischen Figur, als ob sie in den fei-nen Details ihrer Gestalt nach Antworten sucht, die das Geheimnis der Energie vielleicht erklären.

»Manchmal höre ich ein Flüstern«, sagt Alma lei-se und nachdenklich. »Wenn ich die anderen darauf anspreche, belächeln sie mich nur. Doch als ich dich sah, spürte ich sofort, dass du mir zuhören wür-dest.«

Ich bin so erleichtert, als sie mir das erzählt. Viel-leicht können wir dem Geheimnis der rätselhaften Stimme, die von der Statue ausgeht, gemeinsam auf die Spur kommen. Ich teile mit ihr meine eigenen Erfahrungen und erzähle von der Aufforderung, bei Einbruch der Dunkelheit zur Statue im Wald zu gehen.

Almas Augen leuchten vor Interesse und Aufre-gung, als sie mich unmittelbar fragt: »Darf ich mit-kommen?«

Ich frage mich, ob es klug ist, sie mitzunehmen, doch ihre aufrichtige Neugier und das Verlangen, die Geheimnisse dieser unbekannten Energiequelle zu erforschen, berühren mich sehr.

Nach einem Moment des Zögerns stimme ich schließlich zu, meine inneren Zweifel beiseiteschiebend. Da ich unsicher bin, ob sich die Stimme in ihrer Anwesenheit offenbaren wird, bitte ich Alma eindringlich, sich im Hintergrund zu halten und das Geschehen aus der Ferne zu beobachten. Ihre Aufregung ist spürbar, als sie ein freudiges Kreischen unterdrückt, das beinahe über ihre Lippen kommt. Wir vereinbaren ein Treffen kurz vor Einbruch der Nacht an einer großen Steinsäule am Waldrand und verabschieden uns vorerst voneinander.

Nun mache ich mich endlich auf den Weg zum Fischer, denn meine eigentliche Mission ist es, den Zugang in die Höhle zu finden.

Als ich endlich den malerischen See erreiche, wo Fischer Berthold meistens anzutreffen ist, wird mir sofort bewusst, warum er hier so viel Zeit verbringt. Das Wasser glitzert im Sonnenlicht, und die Wellen wiegen sich im Rhythmus der Natur. Ein paar bunte Fische schwimmen gemächlich unter der Oberfläche, während im Hintergrund das fröhliche Quaken von Fröschen zu hören ist. Am Ufer erblicke ich den Fischer, der in seine Gedanken vertieft seine Angel auswirft, jeden Handgriff bedächtig planend.

Mit einem freundlichen Gruß trete ich näher: „Hey, bist du Fischer Berthold?«

Er nickt freundlich.

»Theodor hat mir gesagt, dass du mir vielleicht bei etwas helfen kannst«, füge ich hinzu.

Berthold legt seine Angel beiseite und richtet seinen Blick auf mich.

»Ich habe dich gestern gesehen, wie du mit ihm aus dem Wald gekommen bist. Du bist doch derjenige, den er dort neulich nachts gefunden hat?«, fragt er interessiert.

»Ja, das bin ich. Das scheint sich hier ja schnell herumzusprechen«, entgegne ich mit einem Schmunzeln auf seine neugierige Frage.

Berthold nickt zustimmend: »Es ist ein kleiner Ort, und wir sind wie eine Familie. Wenn hier etwas passiert, wissen es spätestens am nächsten Tag alle. Aber nun zu deinem Anliegen. Wie kann ich dir helfen?«

Ich erkläre ihm meinen Wunsch, die Höhle im Wald zu betreten, und bitte um seine Unterstützung. Berthold zieht nachdenklich die Augenbrauen hoch und nimmt sich einen Moment, um über meine Worte nachzudenken.

»Die Höhle«, beginnt er schließlich mit einer tiefsinnigen Betrachtung. »Das ist eine Geschichte für sich. Sie erschien aus dem Nichts, und seitdem sind die Gemüter der Menschen hier in Aufruhr versetzt. Niemand weiß so recht, was es mit dieser Höhle auf sich hat. Diejenigen, die sie gesehen haben, rätseln darüber, was sie drinnen verbirgt. Es gibt zahllose Theorien, aber keine klaren Antworten.«

In diesem Moment wird mir bewusst, dass ich bei ihm nicht die Ratschläge erhalten werde, die ich mir erhofft habe.

Das Ufer des Teiches erwacht zu einem lebendigen Schauplatz, als Fischer Berthold mit einem lauten Aufschrei zur Angel eilt.

Seine Stimme klingt voller Aufregung: »Es hat einer angebissen, bring mir schnell den Kescher!«

Während Berthold emsig damit beschäftigt ist, die Angel zu handhaben, durchstreife ich aufmerksam die Umgebung. Mein Blick schweift über das Grün der Uferböschung, das sich malerisch entlang des bewachsenen Teichufers erstreckt. Dort, zwischen dem dichten Schilf, entdecke ich den Kescher, der an einem Baum lehnt. Trotz seines altersbedingten Zustands strahlt er eine gewisse Zuverlässigkeit aus, die mich dazu ermutigt, ihm den Kescher zu reichen. Doch gerade als ich zu ihm eile, weist er mich an, ihm beim Fangen des Fisches zu helfen.

»Gleich ist er fast am Ufer, dann musst du den Kescher drunterhalten und hochziehen«, ruft er mir voller Vorfreude zu.

Ich folge seinen Anweisungen, und gemeinsam

holen wir einen prächtigen Fisch an Land. Berthold nimmt den Kescher entgegen, und ein breites Lächeln der Zufriedenheit zieht über sein ganzes Gesicht. Seine Augen strahlen vor Freude, als er das silbrig glänzende Exemplar betrachtet. Plötzlich scheint er es eilig zu haben und wendet sich zum Gehen, doch dann fällt ihm ein, dass unser Gespräch noch nicht beendet ist.

»Ah, da war doch noch etwas, worüber wir gesprochen haben, nicht wahr?«

Berthold hält einen Moment inne, sein Blick nachdenklich, bevor er anfängt zu reden: »Genau, die Höhle. Ich denke, ich habe dir bereits alles mitgeteilt, was mir bekannt ist. Vielleicht solltest du die beiden Brüder Rolf und Konrad aufsuchen. Wer weiß, vielleicht haben sie weitere Einblicke in das Geheimnis der Höhle.«

Mit einem freundlichen Nicken verabschiedet er sich: »Es war schön dich wiederzusehen und es freut mich sehr, dass es dir gut geht.«

Dann stürmt er in Windeseile über die Brücke in Richtung seiner Hütte. Seine Worte verwirren mich. Wie kann es sein, dass er sich freut, mich wiederzusehen, obwohl wir uns zuvor nie begegnet sind? Mein Verdacht, dass die Menschen hier mehr über meine Situation wissen, als sie zugeben wollen, verstärkt sich immer mehr. Entschlossen mache ich mich auf den Weg zu den Brüdern Rolf und Konrad, in der Hoffnung, dass sie mir weiterhelfen. Die Sonne neigt sich langsam dem Horizont entgegen, und der Himmel beginnt, sich in die Farben des frühen Abends zu kleiden. Ein sanfter, goldener Schleier legt sich über die Landschaft, während ich zum Abschied einen Blick über den Teich schweifen lasse, der sich unter den letzten Sonnenstrahlen in ein funkelndes Juwel verwandelt. Und so mache ich mich auf den Weg zu den Brüdern, voller Vorfreude auf das, was mich dort erwarten wird.

Unterwegs passiere ich einen riesigen Baum, der sich erhaben zum Himmel streckt, seine Arme weit ausbreitet und ein Schattendach über die umliegende Landschaft legt. Zu seinen Füßen blühen Blumen, von einer Schönheit, die ich noch nie zuvor gesehen habe. Sie schimmern in den Farben des Sonnenuntergangs und verströmen einen betörenden Duft in die Luft.

In diesem Moment erinnere ich mich an die Seite aus dem Tagebuch, das ich in Renolds Haus gefunden habe. Ich ziehe sie aus meiner Tasche und lese noch einmal die Worte.

Du bist das älteste Wesen in diesem Tal, ein Zeuge vergangener Zeiten und Bewahrer unzähliger Geheimnisse. Deine mächtigen Arme strecken sich gen Himmel, als würden sie die Weisheiten des Lebens empfangen. Und zu deinen Füßen erblühen Blumen von einer Schönheit, die unerreicht ist. Ihre zarten Blüten schimmern in den Farben des Sonnenuntergangs und verströmen einen betörenden Duft, der die Luft erfüllt und die Sinne betört. Sie sind einzigartig und kostbar, denn nur an diesem heiligen Ort finden sie Nahrung und Schutz.

Die Beschreibung passt perfekt. Dieser Baum ist das älteste Wesen im Tal, unter dem die seltenen Blumen ihre Schönheit entfalten. Ich untersuche den Boden rund um den Baum und stoße auf einen Bereich, der leicht gelockert wirkt, als ob dort etwas vergraben ist. Vorsichtig grabe ich an dieser Stelle und stoße tatsächlich auf eine kleine Schachtel. Sie scheint sehr alt zu sein, schon leicht zerfressen von den Lebewesen unter der Erde. Ich entferne behutsam den Schmutz, der sie bedeckt, und entdecke dabei einen kleinen Knopf an der Seite. Als ich ihn drücke, öffnet sich die Schachtel, und ich erblicke einen Schlüssel darin.

Der Schlüssel ist eigenartig, mit einem eingravierten Herz. Je länger ich ihn betrachte, desto mehr habe ich das Gefühl, dass er mir etwas sagen möchte. Natürlich ist das unsinnig, er ist nur ein Stück Metall, das eine Tür öffnen soll. Doch die Faszination, die er auf mich ausübt, ist unbestreitbar. Ich kann es kaum erwarten herauszufinden, was sich hinter der Tür verbirgt, die dieser Schlüssel öffnen soll. Ich stecke die Tagebuchseite und den Schlüssel zurück in meine Tasche und setze meinen Weg zu den Brüdern fort.

Ich nähere mich ihrem Hof und entdecke einen der Männer am Sägewerk, wie er mit geübten, kräftigen Hieben das Holz spaltet. Seine kräftige Statur und die geschmeidigen, präzisen Bewegungen sprechen von jahrelanger Erfahrung und einer tiefen Verbundenheit mit seiner Arbeit. So versunken ist er in seine Arbeit, dass er nicht bemerkt, wie ich mich neben ihn stelle und beeindruckt zuschaue, wie das Holz unter seinen geschickten Händen Form annimmt. Die Axt, die er benutzt, ist selbst ein außergewöhnliches Kunstwerk, verziert mit feinen Gravuren, die entlang des Stiels und der Klinge in kunstvollen Mustern verlaufen. Jede Linie und Kurve scheint mit Bedacht und Präzision eingearbeitet zu sein, und das Metall glänzt im schwachen Licht der Abenddämmerung.

Als der Holzfäller eine kurze Pause einlegt und sich umdreht, bemerkt er schließlich meine Anwesenheit und scheint nicht überrascht darüber zu sein. Hatte er mich vielleicht schon vorher wahrgenommen und nichts gesagt? Diese Gelassenheit der Bewohner lässt mich erneut darüber nachdenken, warum sie so wenig erstaunt über meine Präsenz hier sind. Schließlich müsste ich doch ein Fremder für sie sein.

»Es ist bewundernswert, dir dabei zuzusehen, mit welch einer Geduld du deine Arbeit machst«, spreche ich ihn an.

»Ja, wenn ich mit Holz arbeite, vergesse ich alles um mich herum«, antwortet er mit einer aufrechten Haltung.

»Ich würde mich ja gern vorstellen, aber ich kann mich nicht an meinen Namen erinnern.«

»Ah, du bist bestimmt derjenige, den Theodor im Wald gefunden hat. Alle sprechen schon davon. Ich heiße Rolf, und mein Bruder Konrad ist gerade im Wald, um Holznachschub zu holen.«

»Die Neuigkeit über mein Hiersein spricht sich wirklich schnell herum, aber ja, der bin ich«, erwidere ich.

»Du bist doch sicherlich nicht ohne Grund zu mir gekommen. Was ist dein Anliegen?«, erkundigt er sich bei mir.

»Ich brauche deine Hilfe, um in die Höhle zu gelangen, die seit dem Verschwinden von Renold aufgetaucht ist«, bitte ich ihn.

»Verzeih mir, aber da kann ich dir nicht helfen. Mein Bruder und ich versuchen schon seit Tagen herauszufinden, was es mit ihr auf sich hat. Wir haben nicht den kleinsten Anhaltspunkt gefunden, wie man in sie hineingelangt. Sei mir nicht böse, aber ich habe heute noch eine Menge zu tun und möchte mit meiner Arbeit fortfahren«, erklärt er.

Mit einem freundlichen Wunsch für einen schönen Tag verabschieden wir uns voneinander.

Während Rolf fleißig weiter seine Axt schwingt, schaue ich mich noch eine Weile beim Sägewerk um. Das Dämmerlicht verfliegt, und ich sollte mich auf den Weg zum vereinbarten Treffpunkt mit Alma machen. Ich kehre den Weg zurück, den ich gekommen bin, und biege beim großen Baum rechts ab in Richtung Wald, wo ich bereits von Weitem Alma an der Steinsäule stehen sehe.

Die Aufregung, die Alma umgibt, ist deutlich spürbar. Ihre Augen fliegen nervös zwischen mir und dem zunehmend dunkler werdenden Wald hin und her. Wir sollten uns beeilen, bevor die Dunkelheit uns einholt und wir im Wald nichts mehr erkennen können.

»Da bist du ja endlich!«, ruft Alma, als sie mir entgegenkommt. »Ich hatte schon Sorgen, dass du nicht mehr erscheinst.«

»Verzeih mir, ich habe ein bisschen die Zeit aus den Augen verloren«, antworte ich ihr. »Lass uns direkt losgehen.«

Alma und ich betreten den Wald, dessen Atmosphäre heute im Kontrast zu unserem vorherigen Besuch fast schon unheimlich wirkt. Ein kalter Wind streicht durch die Bäume und lässt ihre Äste leise knarren. Das silbrige Mondlicht bricht durch die dichten Tannennadeln und wirft geheimnisvolle Schatten über den mit Moos bedeckten Waldboden. Jeder Schritt scheint ein Echo in der Stille zu hinterlassen, die den Wald umgibt.

Als wir uns der Engelsstatue nähern, huscht Alma geschickt hinter ein dichtes Gebüsch in der Nähe, offensichtlich entschlossen, jeden Moment dieses geheimnisvollen Ereignisses zu erfassen. Unter dem bleichen Licht des Mondes, das durch die schattigen Äste der umliegenden Bäume dringt, erreiche ich die Statue. Doch zu meiner Überraschung bleibt alles still und unbewegt. Das Gefühl der Erwartung, das mich die ganze Zeit begleitet hat, verblasst langsam, und ich wende mich schließlich enttäuscht Alma zu.

Ihr Gesichtsausdruck spiegelt meine eigene Enttäuschung wider, als sie mich fragend und mit einem leichten Schulterzucken ansieht. Die Stille um uns herum wird nur durch das Rascheln der Bäume im Wind unterbrochen, während wir einander ratlos anschauen. Als ob die Statue taub für unsere Anwesenheit ist, als ob sie keine Verbindung zu der Welt um sie herum hat.

Als ich schließlich vor Alma stehe, passiert etwas sehr ungewöhnliches. Ihre Augen beginnen zu leuchten, als ob ein verborgenes Universum in ihnen zum Leben erwacht. In diesem Moment spricht sie mit einer geheimnisvollen Stimme, wie die des Engels:

»Ich sehe, du bist in Begleitung hier. Schön, dass ihr euch hier gefunden habt. Du hast sicherlich viele Fragen, und ich werde sie dir beantworten. Doch bevor ich dies tue, möchte ich, dass du diesen Ort weiter erkundest und seine Geheimnisse lüftest. Ich bin mir sicher, dass dir im Laufe deiner Entdeckungsreise schon viele Fragen beantwortet wurden. Versuche nicht alles mit dem Kopf zu zerdenken, sondern fühle dich in die Situationen hinein. Verschwende deine wertvolle Energie nicht, ständig nach Logik und Gründen zu suchen. Öffne dein Herz für das, was das Leben dir bietet, und lasse dich von deiner inneren Weisheit leiten.«

Diese Worte hallen in der Stille des Waldes wider und berühren mit zutiefst. Almas Augen funkeln noch für einen kurzen Moment, bevor sie wieder ihre gewohnte Ruhe finden. Mir wird in dem Moment klar, dass Alma von dem ganzen Geschehen nichts bemerkt hat. Ich bin mir unsicher, ob ich ihr davon erzählen soll, daher beschließe ich erst einmal, darüber zu schweigen.

»Was ist los mit dir?«, spricht mich Alma an. »Du wirkst abwesend. Hast du etwas gesehen?«

»Nein, es ist alles gut. Ich bin nur sehr müde. Wir sollten uns auf den Weg zum Hof machen«, antworte ich ihr.

Während wir uns auf den Heimweg machen, hat sich der Wald bereits vollständig in die Dunkelheit gehüllt. Ein kalter Luftzug neigt die Baumwipfel so, als wollten sie uns zum Abschied winken. Eine schwere Decke der Erschöpfung senkt sich auf unsere Schultern und wir sehnen uns nach der Wärme am gemütlichen Feuer.

Als wir den Hof erreichen, erleuchtet das Licht der Laternen den schmalen Trampelpfad. Die Geräusche der Nacht mischen sich leise, begleitet von einem fernen Käuzchenruf. Alma und ich tauschen ein letztes Lächeln aus, ein vertrautes Band zwischen uns, das uns durch die dunklen Stunden der Nachträgt. Mit einem liebevollen Winken verabschieden wir uns voneinander, und entschlossen mache ich mich auf den Weg zu meiner Hütte.

Die Tür knarzt leise, als ich sie öffne, und ein Duft von Holz und Trockenblumen streicht mir entgegen. Ein Gefühl von Heimeligkeit erfüllt meinen Gemütszustand, als ich mich in meinem warmen Bett niederlasse.

Bevor ich mich dem Land der Träume hingeben kann, lasse ich den Tag noch einmal Revue passieren. Gedanken und Bilder wirbeln durch meinen Kopf, und ich spüre eine tiefe Dankbarkeit für die Abenteuer und Erkenntnisse, die er mir gebracht hat.

Ich schließe meine Augen und lasse mich von der Stille und dem Frieden der Nacht umfangen. Und so tauche ich ein in das Reich der Träume, bereit für die ungewissen Abenteuer, die der neue Tag bringen mag.

Kapitel 4

Die Sprache der Bilder

Meine Sicht ist trüb und verworren. Die Umrisse von Menschen erscheinen in einem diffusen Nebel, während sich in dem Gebäude um mich herum ein hektisches Treiben entfaltet. Ich bin inmitten eines wogenden Ozeans aus Menschenmassen und finde mich an einem Schreibtisch wieder, der von einem Berg aus Papierkram bedeckt ist, der sich wie eine undurchdringliche Barriere vor mir auftürmt. Mein Blick bleibt an einem Bildschirm hängen, dessen flackerndes Licht eine unheilvolle Atmosphäre erzeugt. Eine seltsame Energie liegt in der Luft, begleitet von einem erdrückenden Gewicht auf meinen Schultern. Das Gefühl der Beklemmung wird immer intensiver, und der Wunsch, dieser unheimlichen Umgebung zu entfliehen, ergreift von mir Besitz. Doch ich fühle mich wie an einem unsichtbaren Anker gekettet, der mich an diesen Ort bindet und mir jede Fluchtmöglichkeit versagt. Alles um mich herum verschwimmt zu einem unübersichtlichen Wirrwarr aus Formen und Farben, und ich bin in einem Labyrinth der Desorientierung gefangen.

Wie durch einen Zeitsprung finde ich mich vor einem großen Fenster wieder, das weit geöffnet ist und den kalten Wind hereinlässt. Mein erwartungsvoller Blick streift die Umgebung um mich herum, doch zugleich ergreift mich eine Leere, als ich feststelle, dass ich allein bin. Als ich meine Augen wieder nach vorn richte, überschlägt sich mein Herz beinahe vor Staunen, als sich die Skyline einer großen Stadt vor mir entfaltet. Die Lichter und Schatten in der Ferne erzeugen eine faszinierendes Schauspiel, die in mir ein Gefühl von Melancholie weckt.

Traurigkeit überkommt mich, als ich mich der atemberaubenden Aussicht hingebe. Ein einziger Schritt nach vorn und alles geschieht in rasender Geschwindigkeit. Die Welt um mich herum verschwimmt zu einem einzigen Strudel aus Bewegung und Geräuschen, während ich unaufhaltsam dem Abgrund entgegenstürze, mein Herz wild pochend vor Angst und Aufregung.

Schweißgebadet und von einem mulmigen Gefühl durchzogen, erwache ich aus meinem Albtraum. Die Intensität des Traums lässt mich zweifeln, ob ich tatsächlich wieder in der Realität angelangt oder immer noch in dieser surrealen Welt gefangen bin. Mein Herz hämmert gegen meine Brust, als ich versuche, die Erinnerungen an den Traum zu verdrängen.

Die Bilder bleiben so lebendig in meinem Geist, als ob sie sich dort eingebrannt hätten. Ein Gefühl der Erleichterung überkommt mich, als ich mir langsam der Gegenwart bewusst werde und die reale Welt um mich herum erkennen kann.

Die Nacht hat mich in einen undurchsichtigen Nebel der Ungewissheit gehüllt. Hier, an diesem Ort, dessen Identität ich nicht zu ergründen vermochte, und mit einer Vergangenheit, die sich mir beharrlich verweigert, liegt eine drückende Schwere über mir. Doch trotz der Verwirrung und des Mangels an Klarheit weiß ich, dass ein neuer Tag voller Abenteuer und Enthüllungen auf mich wartet.

Einige Fragmente des vergangenen Tages drängen sich zurück in mein Bewusstsein, und ich frage mich, wie es wohl Alma ergangen ist. Ihre Anwesenheit scheint eine Art Anker in diesem unbeständigen Meer zu sein. Als ich mich entschließe, nach ihr zu suchen, fällt plötzlich der Schlüssel mit dem eingravierten Herz aus meiner Tasche vor mir auf den Boden. Das Herz leuchtet in einem warmen Rot, das die Umgebung in eine behagliche Atmosphäre hüllt und ein Gefühl von Geborgenheit in mir weckt. Als ob das Licht eine eigene lebendige Kraft besitzt, die mich auf eine geheimnisvolle und doch vertraute Weise umfängt. Während ich den Anhänger aufhebe, spüre ich, wie diese Energie durch meinen ganzen Körper fließt und mich mit einer seltsamen Ruhe erfüllt. Als ob es eine unsichtbare Verbindung zwischen dem Schlüssel und meiner eigenen Seele gibt. Diese Gewissheit, dass dieser Schlüssel mich zu den Antworten führen wird, nach denen ich mich so sehne, führt mich schließlich zu dem Entschluss, Renold von Silberbergs Haus aufzusuchen, sobald ich nach Alma geschaut habe.

Draußen höre ich Stimmen, und als ich langsam die Tür öffne, erblicke ich ein reges Treiben auf dem Hof. Theodor reinigt das Gehege der Schweine, während die ältere Dame mit einem Korb voller Wäsche neben einem Brunnen steht. Ein betagter Herr, den ich bisher hier noch nicht gesehen habe, begutachtet einen alten, klapprigen Tisch. Er scheint vorzuhaben, ihn zu reparieren. Ein junger Mann steht neben ihm und assistiert dem Älteren.

Dieser Tisch, ein Relikt vergangener Tage, ist gezeichnet von den Spuren der Zeit. Sein Holz ist dunkel und gealtert, mit tiefen Einschnitten und reparierten Stellen, die von Jahren der Nutzung zeugen. Trotz seines Alters strahlt der Tisch eine gewisse Robustheit aus. Die beiden Männer setzen mit geschickten Händen all ihre Bemühungen ein, um ihn wieder in einen brauchbaren Zustand zu versetzen.

Während ich mich weiter umschaue, muss ich leider feststellen, dass Alma hier nirgendwo zu finden ist. Ich wende mich zuerst an Theodor und frage ihn, ob er wisse, wo Alma sei, doch er kann mir keine Auskunft über ihren Aufenthaltsort geben.

»Ich bin schon seit kurz vor Sonnenaufgang hier draußen und habe sie noch nicht gesehen, allerdings war ich nicht die ganze Zeit auf dem Hof. Vielleicht weiß Matilda, die ältere Dame dort drüben, wo sie ist«, erzählt er mir.

Dankbar für seine Bemühungen, wünsche ich Theodor einen schönen Tag und gehe zu Matilda hinüber. Dabei bemerke ich, wie sie in Gedanken versunken ist, während sie mühevoll Wäsche an einer zwischen zwei Bäumen gespannten Leine aufhängt. Als sie mich bemerkt, strahlt sie mich mit einem Lächeln voller Vertrautheit an, als würden wir uns schon seit Ewigkeiten kennen. In ihren Augen lese ich die Weisheit eines reichen Lebens. Dieser Blick lässt mich für kurze Zeit all meine Sorgen vergessen.

»Mein Kind, du siehst besorgt aus. Was ist los?«, fragt sie mit einer einfühlsamen Stimme.

Ich halte kurz inne, denn dieses Gefühl, das ich gerade empfinde, lässt mich regelrecht für kurze Zeit erstarren.

Doch dann antworte ich auf ihre Frage: »Ehrlich gesagt, weiß ich gerade überhaupt nicht, was los ist. Alles ist so verwirrend. Ich habe so viele Fragen und keine Antworten. Ich weiß gerade nicht, was echt ist und was nicht. Doch ich glaube, ich bin hier aus einem ganz bestimmten Grund, und ich werde herausfinden, warum.«

Die alte Dame nickt sanft und ihr Lächeln strahlt mich erneut mit einer wohltuenden Liebe an.

»Mein Kind, mache dir nicht so viele Sorgen. Es mag sein, dass die Antworten, nach denen du suchst, nicht immer angenehm sind und dich vielleicht sogar noch mehr irritieren. Dennoch sei gewiss, dass alles letztendlich zu deinem Besten verlaufen wird.«

Ich verweile einen Moment in den weisen Worten der alten Dame, beinahe vergessend, dass ich eigentlich nach Alma fragen wollte. Schließlich breche ich mein Schweigen und erkundige mich nach ihrem Aufenthaltsort. Mit einem liebevollen Lächeln nickt sie und erzählt mir von Almas früher Morgenwanderung Richtung Wald. Dabei strahlt die alte Dame eine beruhigende Gelassenheit aus, die mir Trost spendet. Ihre Zuversicht in Almas Klugheit und Sicherheit lässt meine Sorgen allmählich schwinden.

Dankend verabschiede ich mich schließlich bei Matilda, die mir ein letztes herzerwärmendes Lächeln mit auf den Weg gibt. Da ich nun gewiss bin, dass es Alma gut geht, schlendere ich entlang der mit wunderschönen Blumen übersäten Wiesen, auf dem Weg zum Haus von Renold.

In mir steigt die Aufregung, und ich frage mich, was mich wohl dort erwarten wird. Der Gedanke, dass ich möglicherweise etwas Unerwartetes finde, beängstigt mich ein wenig. Doch zugleich weckt er meine Neugierde, diesen Schlüssel und sein Geheimnis zu erkunden. Plötzlich werde ich aufmerksam, als mein Blick auf einen schmalen Pfad fällt, der sich zu einem nahegelegenen Hügel schlängelt. Dort oben erhebt sich ein beeindruckendes Bauwerk, dessen Konturen von dem flackernden Feuer zweier Fackeln betont werden, die von Wächterstatuen gehalten werden. Das Licht dieser Fackeln strahlt eine geheimnisvolle Magie aus, die mich unweigerlich fasziniert. Ein verlockendes Gefühl, diesem Pfad zu folgen und diesen Ort zu erkunden, zieht mich förmlich dorthin. Doch im selben Moment erinnere ich mich an meine Mission, die mich hierhergeführt hat. Ich verspüre die Dringlichkeit, meinen Auftrag zu erfüllen und Antworten zu finden, bevor ich mich anderen Geheimnissen widme. So beschließe ich, den Hügel vorerst nicht zu betreten, und begebe mich auf den direkten Weg zu Renolds Haus.

Die Luft wird ein wenig kühler, und dunkle Wolken ziehen am Himmel auf. Die ersten Regentropfen treffen meine Haut, und ein merkwürdiges Gefühl breitet sich in mir aus. Statt nach Schutz vor dem Regen zu suchen, genieße ich die sanfte Kühle. Jeder Tropfen scheint neues Leben zu bringen, und ich nehme die Verbundenheit zur Natur in ihrer vollen Intensität wahr. Dieses Gefühl ist so stark und unbeschreiblich, dass ich mich ihm einfach hingebe.

Während der Regen allmählich stärker wird und sich zu einem fast undurchdringlichen Schleier verdichtet, mache ich mich mit schnellen Schritten auf den Weg zum Haus von Renold. Die Tropfen prasseln nun energischer auf den Boden und verwandeln die beruhigenden Rhythmen in ein Trommelkonzert.

Entschlossen öffne ich die Tür des Hauses und trete ein, um Schutz vor dem zunehmenden Regen zu finden. Ohne Umwege, gehe ich direkt zu der zugesperrten Tür, in der Hoffnung, dass der Schlüssel, den ich bei mir trage, in das Schloss passt. Mit einem ruhigen Atemzug ziehe ich den Schlüssel aus meiner Tasche und führe ihn behutsam in das Schloss der Tür ein. Eine seltsame Energie durchströmt meine Hand. Der Schlüssel pulsiert, als würde er die Kraft des Moments spüren und sich mit meiner Absicht verbinden, das Schloss zu öffnen. Jede Drehung geschieht mühelos, als wüsste der Schlüssel bereits den Weg ins Verborgene und wartete nur darauf, dass ich ihn führe. Mit einem leichten Knarren öffnet sich die Tür, und ich trete ein in das Unbekannte. Eine schmale, etwas verwitterte Treppe führt hinauf in das Dachgeschoss, das wohl seit Jahren kaum betreten wurde.

Während ich vorsichtig die Stufen erklimme, nehme ich die Geschichte des Hauses förmlich wahr. Jede Bewegung von mir scheint das Echo vergangener Tage widerhallen zu lassen. Mit jedem Schritt steigt meine Aufregung, und die Spannung in der Luft ist förmlich zu spüren, als würde das Haus seine Geheimnisse erst nach und nach preisgeben wollen.

Als ich den Dachboden betrete, öffnet sich vor mir eine Welt der Kunst. Der Raum ist mit einer Vielzahl von Gemälden und Kunstwerken geschmückt – einige noch am Entstehen, andere bereits vollendet. Jedes Werk strahlt eine einzigartige Energie aus, und ich kann förmlich die Lebendigkeit dieser Bilder spüren. Schritt für Schritt bewege ich mich durch die Galerie, fasziniert von den verschiedenen Stilen und Themen, die Renold offensichtlich inspiriert haben. Als würde ich in die Seele des Künstlers eintauchen, während ich die Bilder betrachte. Ich fühle mich gleichzeitig demütig und privilegiert, Zeuge seiner kreativen Schöpfungen zu sein. Inmitten des Raumes komme ich mir vor, als würde ich in einem Meer aus Erinnerungen schwelgen, die ich selbst erlebt habe. Jedes Gemälde, jede Skizze scheint eine eigene Geschichte zu erzählen. Ich bin gefangen in einem Wirbelwind aus Emotionen. Manche Bilder wecken eine tiefe Melancholie in mir, während andere eine unbeschwerte Freude auslösen. Als würde die Luft um mich herum mit den Schwingungen der Vergangenheit vibrieren, und ich lasse mich bereitwillig von dieser Flut der Erinnerungen mitreißen.

Mein Blick fällt auf einen alten Schreibtisch, auf dem eine staubige Lampe steht, deren Licht schwach durch den Raum schimmert. Es ist seltsam – alles hier deutet darauf hin, dass seit Langem niemand mehr hier war, und doch brennt das Licht.

Während ich die Schubladen durchsuche und nur ein paar Skizzen vorfinde, dämmert mir, dass die Antworten, nach denen ich suche, vielleicht in den Bildern verborgen liegen. Ich wende mich erneut den Kunstwerken zu, und eines davon zieht besonders meine Aufmerksamkeit an. Es zeigt eine Gruppe von Menschen, darunter auch alle, denen ich bisher an diesem Ort begegnet bin. Doch eine Person bleibt unklar, als hätten Regentropfen die Farben verschmiert und damit ein Rätsel hinterlassen.

Ich streiche vorsichtig über das verschwommene Gesicht auf dem Gemälde und spüre dabei ein merkwürdiges Gefühl, als würde ich mich selbst berühren. Es ist beängstigend, aber auch faszinierend. Ich frage mich, ob es sich um Renold handeln könnte und warum ich so eine starke Verbindung zu der Person auf dem Bild empfinde. Als ich das Bild genauer untersuche, fällt mein Blick auf dessen Rückseite, wo eine kleine Inschrift zu lesen ist:

Lerne die Sprache der Bilder. Sie zeigen dir den Weg.

Statt Antworten zu erhalten, stehe ich erneut vor einem Rätsel. Diese Inschrift kommt mir seltsam vertraut vor, als hätte ich diese Worte schon einmal gelesen. Die Vorstellung, die Sprache der Bilder zu lernen, lässt mich hoffen, aber auch fürchten, dass ich auf weitere unbeantwortete Fragen stoßen könnte.

Ich betrachte jedes einzelne Bild genauer, um nach weiteren Hinweisen zu suchen. Sie alle präsentieren Orte, die mir fremd erscheinen, doch gleichzeitig vermitteln sie eine merkwürdige Vertrautheit. Diese Kunstwerke scheinen mir eine Geschichte zu erzählen, eine Erinnerung hervorzurufen, die ich zwar nicht bewusst kenne, aber dennoch tief in mir spüre. Und dann entdecke ich es – ein Bild, das mir bekannt vorkommt. Es zeigt ein Bauwerk mit zwei Statuen, und ich erinnere mich an meinen Weg hierher, als ich den Pfad zu dem Hügel entdeckte.

Dies ist mein nächstes Ziel, mein nächster Schritt auf dieser geheimnisvollen Reise. Die imposanten Statuen, das magische Licht der Fackeln – sie rufen mich förmlich dazu auf, diesen Ort näher zu erkunden.

Während ich das Gemälde weiter betrachte, entdecke ich auch auf dessen Rückseite eine verblasste Inschrift:

Schaue in den verborgenen Reichen deines Geistes, und du findest die Antworten, nach denen du suchst.

Die Worte erreichen mich auf eine Weise, die ich bisher nicht gekannt habe. Eine Mischung aus Ehrfurcht und Unbehagen erfüllt mich, während ich versuche, ihre tiefere Bedeutung zu ergründen. Die Inschrift scheint eine verborgene Weisheit in sich zu tragen, deren Botschaft für mich bestimmt ist.

Ich verlasse das Haus und breche auf zu dem Ort, der auf dem Bild verewigt ist. Inmitten des Nachklangs des Regens durchdringt das Licht der Sonne die letzten Schleier der Wolken und taucht die Landschaft wieder in ein goldenes Licht.

Kapitel 5

Die innere Stimme

Jedes Mal, wenn ich versuche, im Außen Antworten zu finden, scheinen sich nur noch mehr Unsicherheiten aufzutürmen. Vielleicht ist es an der Zeit, innezuhalten und zu lauschen, ob die Antworten nicht schon längst in mir verborgen liegen. Doch wie soll das funktionieren? Abgesehen von den endlosen Fragen, die in meinem Kopf kreisen, nehme ich nichts wahr, das mir einen Hinweis gibt, und ein Gefühl der Hilflosigkeit breitet sich in meinen Gedanken aus.

Während meine inneren Zweifel mich umkreisen, bemerke ich kaum, wie ich mein Ziel erreicht habe. Vor mir erhebt sich das Bauwerk, flankiert von riesigen Statuen, deren Fackeln die Mauern eindrucksvoll erleuchten.

Es ist ein Monument der Stille und Besinnung, das über die umliegende Landschaft thront. Eine weite Fläche, umgeben von geschwungenen Treppenstufen, erstreckt sich vor mir. In ihrer Mitte steht eine

Frau von betörender Anmut, gehüllt in Gewänder von reinem Weiß. Ihr zarter Teint, im Kontrast zu den leuchtenden Kleidern, verleiht ihr ein Anblick von faszinierender Eleganz. Als ich mich ihr nähere, begrüßt sie mich mit strahlenden Augen.

»Komm näher«, spricht sie mich mit anziehender Stimme an. »Ich habe schon auf dich gewartet.«

Ich bin nicht überrascht von diesem Empfang und langsam zweifle ich mehr und mehr daran, ob das, was hier geschieht, wirklich real ist.

»Ich nehme an, dass du mir helfen kannst, Antworten zu finden«, erkundige ich mich.

Sie nickt zustimmend: »Das hast du wahrlich erkannt, und ich bin bereit, dir auf deiner Suche beizustehen, soweit es mir möglich ist. Du darfst mir gern all deine Fragen stellen, doch sei gewiss, dass ich nicht versprechen kann, dir alle Antworten zu offenbaren. Aber ich kann dir Wege zeigen, sie zu finden.«

Die geheimnisvolle Frau lächelt mich freundlich an und hört aufmerksam zu, während ich ihr von meinem Ringen mit der Inschrift auf dem Bild erzähle und sie schließlich frage:

»Was hat es damit auf sich? Ich habe es versucht, aber ich weiß nicht, wie das funktionieren soll. Ich höre nur ständig Fragen, und meine Gedanken drehen sich im Kreis. Wie soll ich da Antworten finden?«

Die junge Frau lächelt erneut und legt ihre Hände auf meine Schultern.

»In der Stille liegt die Antwort, jenseits des endlosen Gedankenstroms.«

Ihre Botschaft gleicht einem Flüstern meiner inneren Stimme, das mich dazu ermutigt, meinen Geist zu besänftigen und mich der Stille hinzugeben.

»Erlaube deinem Geist Ruhe, während du den Reichtum deiner Emotionen erkundest. Lasse die Gedanken vorüberziehen und tauche ein in das Meer deiner Gefühle. Erfahre die Tiefe deines Seins durch die Kraft des Fühlens, denn in der Stille des Herzens liegt die wahre Weisheit verborgen.«

Ihre Stimme ist von einer Klarheit getragen, die wie ein Fluss der Erkenntnis über mich hinwegströmt. Sie erinnert mich daran, dass die wahre Kraft oft in der Fähigkeit liegt, unsere Emotionen zu erkennen und zu akzeptieren.

Die geheimnisvolle Fremde nimmt ihre Hände wieder von meinen Schultern und strahlt mich dabei an. Erneut habe ich dieses vertraute Gefühl, als hätte sie mich schon unzählige Male so angesehen.

»Danke für deine Worte«, sage ich, als wir uns verabschieden. »Ich werde deinen Rat beherzigen.«

Bevor ich mich umdrehe, höre ich sie noch einmal: »Begib dich auf den Pfad, der ins Dunkle führt. Dort wirst du das Licht erkennen.«

Die letzten Worte der mysteriösen Frau stellen mich vor ein neues Rätsel, aber ich ahne, dass sie damit die Höhle meint, deren Zugang versperrt ist.

Ich beschließe, in den Wald zu gehen, um nach Alma zu sehen und zu erfahren, was sie dort treibt. Vielleicht können wir gemeinsam eine Lösung finden, um in die Höhle zu gelangen.

Auf meinem Weg in Richtung Wald, kreisen unzählige Gedanken in meinem Kopf. Manchmal fühlt es sich an, als ob sie die Kontrolle übernehmen und mich auf eine Reise mitnehmen, die mich von meinem inneren Gleichgewicht entfernt. Sie wirbeln wie ein stürmischer Wind durch meinen Geist und führen mich in ein Labyrinth aus Zweifeln und Ängsten. Jeder Gedanke scheint den nächsten zu befeuern, und ich finde mich gefangen in einem endlosen Strom. Als ob mein Geist gegen die Flut meiner Gedanken kämpft, und je mehr ich mich dagegen wehre, desto stärker wird der Sog. Doch ich erkenne, dass ich die Kraft habe, diesen Strom zu lenken und zu einem Zustand des inneren Friedens zurückzukehren. Es erfordert Achtsamkeit und Geduld, aber ich bin zuversichtlich, dass ich meine Gedanken besänftigen und wieder ins Gleichgewicht finden kann.

Während ich weiter den Weg entlang gehe, passiere ich den großen Baum, wo ich einst den Schlüssel zu Renolds Dachgeschoss fand. Die friedliche Präsenz dieses Baumes zieht mich geradezu magnetisch an und lädt mich ein, eine Rast einzulegen. Alles um mich herum strahlt Frieden aus. Die Blumen erblühen in lebendigen Farben, die Vögel zwitschern fröhlich, und das Plätschern des Sees erfüllt die Luft. Ich lasse mich auf die Wiese nieder und tauche ein in die Symphonie der Naturklänge. Eine tiefe Ruhe breitet sich in mir aus, ein Frieden, der von der Natur selbst zu kommen scheint. Für einen Augenblick fühle ich mich eins mit allem um mich herum, und es wird ruhig in meinem Kopf, als ob der Fluss meiner Gedanken im Einklang mit der Natur zum Stillstand kommt.

Ich erlebe ein unbeschreibliches Gefühl der Tiefe und Einkehr, in dem sich Körper, Geist und Seele zu einem harmonischen Ganzen vereinen. Jeder Teil meines Seins scheint zu erwachen, und jede Faser meines Körpers spürt die lebendige Energie, die durch mich fließt. Ich nehme die Schönheit und Komplexität der Existenz in ihrer reinsten Form wahr. Ein Schleier wird gelüftet, und ich sehe die wahre Essenz des Lebens vor meinen Augen entfaltet. Ich tauche ein in die Tiefe meines Selbst, auf der Suche nach den Antworten, die meine Seele so sehnsüchtig begehrt. Doch trotz meiner inneren Suche herrscht nur Stille, keine Antwort dringt zu mir durch. Vielleicht bedarf es etwas an Übung. Ich sollte dies öfter wiederholen.

Heute habe ich zum ersten Mal erfahren, dass unsere Welt viel mehr in sich birgt als das, was sich in unseren täglichen Blicken offenbart. Selbst wenn mein Gedächtnis bruchstückhaft ist, spüre ich die Präsenz dieser unsichtbaren Realitäten. Ich könnte noch stundenlang in diesem Augenblick verweilen und die unerforschten Pfade meines Seins erkunden, doch ich habe noch eine Mission zu erfüllen.

Anstatt mich sofort zu erheben und weiterzugehen, verweile ich einen Moment länger in der Ruhe. Eine unerwartete Gelassenheit umhüllt mich, und plötzlich bin ich nicht mehr so verkrampft darauf bedacht, eilig Antworten auf die Fragen zu finden, die mich umtreiben. Wo befinde ich mich? Was ist mein Zweck hier? Wer bin ich eigentlich? Als wäre mir in diesem Augenblick bewusst geworden, dass diese Fragen, obwohl sie mich beschäftigen, nicht die Essenz meines Seins ausmachen. Womöglich gibt es wichtigere Aspekte im Leben als die ständige Suche nach Antworten, die vielleicht nie vollständig sein werden.

Immer deutlicher wird mir bewusst, dass die Antworten, nach denen ich suche, unter Umständen nicht durch die Fragen gefunden werden können, die ich mir bisher gestellt habe. Das könnte daran liegen, dass diese nicht tief genug gehen oder nicht die richtigen Aspekte meines Seins ansprechen. Doch dann erhebt sich erneut dieses Gefühl in mir, eine innere Regung, die mich dazu auffordert, meine Perspektive zu überdenken. Ich frage mich, ob es überhaupt ein „Richtig" und „Falsch" gibt oder ob dies nur Konstruktionen unseres Verstandes sind, die uns leiten. Sind Ereignisse lediglich das Ergebnis unseres Handelns, unserer Gedanken und der Aufmerksamkeit, die wir ihnen schenken? Es ist eine faszinierende Reise der Selbsterkenntnis, die ich nun erlebe, und ich blicke mit Vorfreude darauf, mehr über die verborgenen Ebenen des Lebens und der Welt zu erfahren.

Mit einer unbeschreiblichen Leichtigkeit bewege ich mich nun in Richtung des Waldes. Als ich schließlich die Säule vor dem Wald erreiche, an der ich mich neulich mit Alma traf, halte ich einen Moment inne und lasse meinen Blick über die ruhige Umgebung schweifen, auf der Suche nach einem Anzeichen ihrer Anwesenheit. Leider ist sie nicht zu sehen.

Zu jedem Menschen, dem ich bisher in dieser Welt begegnet bin, spüre ich ein unsichtbares Band, das uns alle miteinander verwebt. Doch bei Alma ist diese Verbindung von einer ungewöhnlichen Stärke, als würden unsere Seelen sich auf einer tieferen Ebene berühren. Tief in mir weiß ich, dass Alma etwas von großer Bedeutung in den verborgenen Tiefen des Waldes gefunden hat.

Die Waldluft ist erfüllt von einem Gefühl der Unergründlichkeit, als ich zwischen den Bäumen hindurchschreite. Der Boden unter meinen Füßen ist bedeckt von einem Teppich aus grünem Moos und leuchtenden Blumen. Dabei fallen mir die zahlreichen heilsamen Kräuter und saftigen Beeren auf, die den Waldboden säumen, als wären sie dort für mich persönlich platziert worden. Eine seltsame Ruhe liegt über dem Wald, als ich bemerke, dass meine letzte Mahlzeit schon eine gefühlte Ewigkeit zurückliegt. Trotzdem verspüre ich keinen Hunger, doch die Beeren sind einfach zu verlockend, um ihnen zu widerstehen. Als ich eine der saftigen Früchte in den Mund nehme, erwachen meine Geschmacksknospen zu neuem Leben. Jeder Bissen ist ein Fest für die Sinne, ein kulinarisches Erlebnis. Ich spüre die Reinheit und Frische dieser Beeren und wie sie mir Energie verleihen.

Während ich noch einige Beeren für den Weg sammle, spüre ich die Aufregung, die mit der Suche nach Alma im Wald einhergeht. Ich weiß, dass sie hier irgendwo sein muss, und meine Entschlossenheit treibt mich voran, sie zu finden. Plötzlich stolpere ich über eine Feuerstelle, deren Glut noch immer warm ist. Steinblöcke und verwitterte Mauerreste, die einst ein Bauwerk formten, verteilen sich hier. Eine unbestimmte Ahnung sagt mir, dass Alma ganz in der Nähe ist. So durchstreife ich die Umgebung mit wachsamen Augen, auf der Suche nach einem Zeichen von ihr.

Die Dämmerung kündigt sich langsam an, und die goldenen Strahlen der Sonne berühren die Gipfel der Berge. Es ist ein atemberaubender Anblick, wie die Natur sich dem Abschied des Tages hingibt. Doch mit dem Verschwinden der Sonne wird die Suche im Wald zweifellos schwieriger. Ich sollte mich beeilen, bevor die Dunkelheit vollends über die Landschaft hereinbricht.

Nach einer Weile entdecke ich einen kleinen Pfad, dessen Ende von einem flammenden Licht erleuchtet wird. Ich frage mich, ob Alma dort ist und schreite entschlossen den Weg entlang. Meine Augen erkennen die Konturen eines Bauwerks, ähnlich den Trümmern, die ich an der Feuerstelle gesehen habe. Je näher ich dem Gebäude komme, desto deutlicher zeigt sich der Eingang einer kleinen Festung, die in einen riesigen Felsen hineingebaut wurde. Zu beiden Seiten stehen zwei riesige Feuerschalen, deren Flammen eine behagliche Wärme ausstrahlen und ein Gefühl von Sicherheit vermitteln. Leise Stimmen dringen in meine Ohren.

»Das muss doch irgendwie möglich sein«, murmelt Alma, die offenbar auch hier ist.

Ich öffne die Pforte am Eingang und dahinter erstreckt sich eine imposante Treppe, die in die Tiefen des Bauwerks führt. Am Ende der Stufen steht Alma vor einer seltsamen Tür, ihre Augen auf die Verzierungen gerichtet, als würde sie versuchen, ihre Geheimnisse zu entschlüsseln. Ein Lächeln huscht über mein Gesicht, als ich sie erblicke. Die Erleichterung, sie endlich gefunden zu haben, erfüllt mich mit großer Freude.

»Und schon wieder eine verschlossene Tür«, rufe ich ihr zu, während ich mich ihr nähere.

Alma schmunzelt und bittet mich, noch näher heranzutreten.

»Siehst du das?«

Ihre Stimme klingt aufgeregt, und sie deutet auf die kunstvollen Verzierungen der Tür.

»Siehst du die Bilder an der Tür?«

Bei genauerem Hinsehen offenbart sich vor meinen Augen eine Fülle von kleinen Bildern, die kunstvoll in die Tür eingearbeitet sind. Die Bilder wirken so lebendig, als würden sie versuchen mit mir zu sprechen. Ich sehe viele Menschen versammelt in einer prächtigen Halle, umgeben von Musikinstrumenten, deren Anblick eine zauberhafte Melodie in mir erklingen lässt. Ein anderes Bild zeigt einen Künstler, umringt von einer Vielzahl von Gemälden, die seine Kreativität und Leidenschaft zum Ausdruck bringen. Und dann sehe ich ein Bild, auf dem scheinbar jemand schwerelos durch die Luft gleitet, als würde er die Grenzen der Realität überwinden. Jedes Bild ist ein Fenster zu einer anderen Welt, die vor Leben und Energie pulsiert. Ich lasse meinen Blick in Richtung Almas Augen gleiten. Klar wie kristallenes Wasser strahlen sie und tragen eine Tiefe in sich, die über das Hier und Jetzt hinausreicht. Als ob die Augen von Alma die Pforten zu einer vergessenen Welt öffnen, in der Erinnerungen und Träume miteinander verschmelzen.

Für einen flüchtigen Moment verweilt mein Geist in einem Zustand zeitlosen Stillstands, gefangen zwischen Vergangenheit und Zukunft, zwischen Realität und Vision. Doch dann kehre ich zurück, erfüllt von einem Gefühl der Ehrfurcht und des Staunens über die unendliche Tiefe des Augenblicks.

»Alles in Ordnung mit dir?«, fragt Alma besorgt und schaut mich mitfühlend an. »Du warst gerade völlig weggetreten.«

»Es war seltsam«, erwidere ich, meine Worte von einer leichten Aufregung begleitet, während ich versuche, das Erlebte in Worte zu fassen.

»In deinen Augen erschien mir eine andere Zeit'', fahre ich fort. »Es war, als ob sie Fenster wären, die sich in andere Welten öffnen.«

Ein Schauer durchläuft meinen Körper, während ich das Gefühl der Zeitlosigkeit und des Eintauchens in eine andere Ära wieder erlebe. Alma hingegen bleibt gelassen, und strahlt eine unerschütterliche Ruhe aus. Ein schelmisches Lächeln spielt um ihre Lippen, als wäre dies nichts Ungewöhnliches für sie. Jeden Blick, den sie mir schenk, jede leise Andeutung, die sie macht, lässt mich spüren, dass sie mehr weiß, als sie zugeben möchte.

Alma legt behutsam ihre Hand auf meinen Arm.

»Die Bilder sind faszinierend«, beginnt sie zu erzählen, während ihr Blick auf die kunstvollen Verzierungen der Tür gerichtet ist.

»Als wollen sie uns etwas mitteilen. Ich glaube, um die Tür zu öffnen, müssen wir herausfinden, was es mit diesen Bildern auf sich hat. Vielleicht sind es Hinweise darauf, wo wir etwas finden können, das uns hilft, durch diese Tür zu gelangen.«

»Das klingt nach einem weiteren aufregenden Rätsel«, entgegne ich.

Alma nickt zustimmend, und strahlt vor Vorfreude. Sie scheint entschlossen zu sein, das Geheimnis zu lüften, das hinter der verschlossenen Tür verborgen liegt. Doch zugleich kann ich ihr die Erschöpfung ansehen, die sich nach einem Tag voller Enthüllungen und Abenteuer bemerktbar macht. Auch meine Kräfte sind am Ende dieses ereignisreichen Tages erschöpft, und so entscheide ich, Alma zum Hof zu begleiten.

»Ich bringe dich heim. Morgen ist ein neuer Tag'', versichere ich ihr, »Ich glaube, etwas Schlaf würde uns beiden guttun.«

Ein erleichtertes Lächeln breitet sich über Almas Gesicht aus: »Ja, da hast du wohl recht.«

Ich ergreife ihre Hand, und es fühlt sich an, als hätten wir dies schon unzählige Male getan. Hand in Hand laufen wir durch den dunklen Wald, begleitet von den geheimnisvollen Schatten und Klängen der Nacht. Plötzlich entdecken wir ein merkwürdiges Leuchten in der Schwärze der Nacht. Fasziniert von dieser Erscheinung, halte ich inne und spüre die neugierigen Blicke Almas an meiner Seite.

Das Leuchten ist von solcher Schönheit, dass ich sie an meiner Hand zu dieser Stelle führe. Als wir näherkommen, offenbart sich uns eine weitere glimmende Stelle etwa einen Meter weiter. Wir entschließen uns, auch diese Stelle zu ergründen und setzen unseren Weg fort, geführt von einem weiteren Lichtschein, der in der Dunkelheit funkelt. Es scheint, als würden diese Lichter uns einen Weg durch das Dickicht weisen.

Während wir ihnen folgen, erinnere ich mich an die klugen und rätselhaften Worte der geheimnisvollen Frau. Sie hallen in meinem Geist nach und bringen eine unerwartete Klarheit in mein Bewusstsein.

»Begib dich auf den Pfad, der ins Dunkle führt, und du wirst das Licht erkennen.«

Trotz der Erschöpfung, die sich in meinen Gliedern breitmacht, fühle ich einen unstillbaren Drang, dem Geheimnis dieser leuchtenden Wegweiser auf den Grund zu gehen.

Alma sieht mich mit Besorgnis in den Augen an: »Was ist mit dir los?«

Ich erzähle ihr von meiner Begegnung mit der geheimnisvollen Frau, den erhellenden Worten, die sie mir mitteilte, und welchen Zusammenhang sie mit diesen Lichtern haben könnte. Almas Bereitschaft, sich weiter auf dieses Abenteuer einzulassen, zeigt mir, wie sehr sie mich unterstützt und wie stark unsere Bindung ist, selbst in unserer großen Erschöpfung und der Sehnsucht nach Ruhe.

Aufgeregt und voller Erwartung folgen wir weiter den Lichtern, bis wir schließlich an einem Bruchstück eines alten Bauwerks ankommen, wo die Lichterkette ihr Ende findet. Der Ort strahlt eine geheimnisvolle Energie aus, und ich spüre, wie mein Herz vor Spannung schneller schlägt.

»Hier muss etwas sein, das uns einen Hinweis gibt«, teile ich Alma mit, meine Stimme voller Aufregung über die Möglichkeit, der Lösung des Rätsels näherzukommen. »Lass uns die Trümmer des Bauwerks untersuchen. Ich bin mir sicher, dass wir hier etwas finden.«

Alma sieht mich an, ihr Gesichtsausdruck müde und erschöpft, doch auch entschlossen. Sie nickt, und ich erkenne die stille Hoffnung in ihren Augen, dass wir bald eine Lösung finden. Ihr Blick verrät den Wunsch, dass dieses Rätsel endlich ein Ende hat.

An der halb zerfallenen Mauer entdecken wir einen merkwürdigen Stein, der sich deutlich von den anderen abhebt. Seine Form und Struktur wirken ungewöhnlich, fast fremdartig im Vergleich zu den umliegenden Steinen. Bei genauerem hinsehen, bemerke ich, dass er locker im Mauerwerk sitzt.

Als meine Finger vorsichtig den Stein berühren, nehme ich eine seltsame, fast magische Resonanz zwischen meiner Hand und der kalten Oberfläche des Steins wahr. Vorsichtig schiebe ich den Stein langsam weiter in die Mauer hinein und plötzlich höre ich ein Schleifen, als würde ein riesiger Fels bewegt werden. Könnte dies die Steinwand zu der verschlossenen Höhle sein? Möglicherweise löst dieser Stein einen Mechanismus aus, der den Zugang zur Höhle öffnet und uns den Weg zu ihren verborgenen Geheimnissen zeigt. Die Versuchung nachzusehen, ob sich der Eingang wirklich geöffnet hat, ist überwältigend, doch die Erschöpfung legt sich wie ein schwerer Mantel um meine Schultern, während jeder Knochen in meinem Körper nach Ruhe verlangt. Es ist klar, dass ich Alma in dieser Nacht nicht weiter belasten kann. Ich lege meine Hand auf ihre Schulter und schenke ihr ein aufmunterndes Lächeln, während ich vorschlage, unseren Weg zurück zum Hof fortzusetzen. Ausgeschlafen und mit neuer Energie erfüllt, werden wir morgen dem Geheimnis auf den Grund gehen.

Die Dunkelheit der Nacht umgibt uns, als wir am Rand des Waldes angekommen sind und den Pfad zum Hof entlangschlendern. Das Mondlicht zeichnet silbrige Muster auf den Boden und wirft schattenhafte Figuren auf unsere Wege. Vor der kleinen Hütte, die in der sanften Dunkelheit verborgen liegt und mir in den letzten Nächten als Heim gedient hat, bleibe ich stehen und wende mich Alma zu.

In diesem Moment, als sie mich mit verlegenen Augen ansieht und leise fragt, ob sie mit hineinkommen kann, steigt in mir eine Mischung aus Überraschung und Mitgefühl auf.

Es fühlt sich richtig an, sie nicht allein zu lassen, und ich antworte auf ihren Wunsch mit einem liebevollen Lächeln. Gemeinsam öffnen wir leise die Tür, darauf bedacht, niemanden auf dem Hof zu wecken, und legen uns ins warme Bett. Eine zeitlose Stille umgibt uns, während wir Seite an Seite liegen und uns tief in die Augen blicken, als ob unsere Seelen miteinander sprechen. In diesem Augenblick der Stille und Nähe spüre ich eine tiefgreifende Verbundenheit, die weit über das Körperliche hinausgeht. Mit jedem ruhigen Atemzug fühle ich mich mehr in diese Atmosphäre der inneren Ruhe und Harmonie hineingezogen.

Kurz bevor ich in die Dunkelheit des Schlafes hinübergleite, höre ich Almas zarte, flüsternde Stimme: »Schön, dass du wieder da bist.«

Mit einem Gefühl von Frieden und Wärme umhüllt, fallen meine Augenlider zu.

Kapitel 6

Zwischen den Welten

Ein erdrückendes Gefühl umgibt mich, als sich meine Sicht in trübes Grau hüllt. Ich stehe mitten in der unangenehmen Hektik einer pulsierenden Großstadt. Das Gehupe der Autos durchdringt die Luft, begleitet von den schrillen Sirenen der Rettungsfahrzeuge. Die Rufe der Menschen vermischen sich mit dem Dröhnen der Züge, die unter der Erde ihre Bahnen ziehen. In einem chaotischen Lichtermeer aus grellem Blinken und hektischem Blitzen fühle ich mich vollkommen überfordert und gerate in Panik. Die Umgebung um mich herum bebt in einem unerbittlichen Rhythmus aus Lärm und Bewegung, und die Reizflut überwältigt meine Sinne. Es ist zu viel, einfach zu viel. Der Wunsch, dieser unangenehmen Situation zu entkommen, wird immer stärker, und ohne zu überlegen, setze ich mit unkontrollierten Schritten zum Sprint an. Ich überquere eine Straße, ohne nach links oder rechts zu schauen, und entgehe nur knapp dem Zusammenstoß mit einem vorbeifahrenden Auto.

»Pass doch auf, du Idiot!«, ruft der Autofahrer wü-
tend, während ich wie erstarrt auf der Straße stehe.

Das schrille Hupen und der wütende Schrei des
Mannes reißen mich aus meinem Albtraum.

Nur zögerlich kehrt meine Wahrnehmung zurück, und ich erkenne, dass ich nicht mehr im Chaos
meiner Träume gefangen bin. Die Leere neben mir
verstärkt die konfusen Gefühle, die mich nach dem
Aufwachen ergreifen.

»Alma?«, flüstere ich, während mir bewusst wird,
dass sie nicht mehr da ist.

Ich erinnere mich an Almas letzte Worte, die sie
mir gerade noch hörbar gesagt hat, bevor ich eingeschlafen bin. In diesem Moment beginne ich zu begreifen, dass Almas Worte mehr als nur eine Geste
waren. Sie schienen eine Brücke zwischen meinem
Unterbewusstsein und der Realität zu schlagen, ein
Hinweis darauf, dass ich zurückgekehrt bin, nicht
nur physisch, sondern auch auf einer tieferen Ebene.

Während ich langsam wach werde, zieht ein dichter Nebel aus Fragen und Bedenken durch mich
hindurch. Jeder Gedanke scheint ein feines Netz
zu sein, das sich langsam um meine Sinne legt und
mich in einem Geflecht aus Unsicherheit und Ver-

wirrung gefangen hält. Ich befinde mich in einem ständigen Kampf zwischen Licht und Dunkelheit, während ich verzweifelt nach einem Weg suche, der mich aus diesem Nebel der Verwirrung und meinen Geist zu einem tieferen Verständnis führt.

Nachdem ich mich langsam erhoben und die Tür hinter mir geschlossen habe, fühle ich mich fest entschlossen, diesen friedlichen Morgen zu nutzen, um einen Platz zu finden, wo ich zur Ruhe kommen und meine Gedanken ordnen kann. Obwohl der Wunsch in mir aufkeimt, nach Alma zu sehen, bin ich überzeugt, dass es ihr gut geht.

Unter dem seichten Glanz der frühen Morgenstunden, der die Dunkelheit der Nacht vertreibt und den Tag begrüßt, mache ich mich auf den Weg in Richtung Wald.

Als ich am großen Baum entlang gehe, erfüllt mich eine tiefe innere Ruhe. So beschließe ich, an diesem heiligen Ort eine Rast einzulegen. Ich lege mich auf den weichen Boden und schließe die Augen, während die Sonnenstrahlen durch das Blätterdach tanzen und mein Gesicht berühren.

In einem Augenblick tiefer Stille und Gelassenheit öffnen sich die Pforten meines Bewusstseins für die grenzenlose Verbundenheit mit dem Universum und allem um mich herum. Die Luft, die ich einatme, ist erfüllt von den unverwechselbaren Düften der Natur. Jeder Atemzug fühlt sich an wie eine Umarmung der Elemente, die mich umgeben. Die Erde unter mir fühlt sich lebendig an, und ich spüre die unermessliche Kraft der Natur, die mich trägt und nährt. Ich verschmelze mit dem Boden und erkenne die Bedeutung von Verbundenheit und Einheit in jedem Moment meines Seins. Ich bin ein Teil des Ganzen, ein Ausdruck der göttlichen Schöpfung, und in diesem Bewusstsein finde ich Frieden, Gelassenheit und unendliche Dankbarkeit.

Ein plötzliches, strahlendes und klares Leuchten vor meinen Augen offenbart Bilder, die jenen auf der massiven, verschlossenen Tür im Eingang des alten Schlosses im Wald ähneln. Doch diese Bilder sind lebendiger, strahlender. In ihnen sehe ich mich, nicht nur als bloße Reflexion, sondern als lebendiges Abbild meiner selbst. Ich bin umgeben von Freude und Leichtigkeit. Als ob all meine tiefsten Sehnsüchte und Träume in diesem magischen Moment Wirklichkeit geworden sind. Eine Welle der Erleichterung erfüllt mich, und eine unsichtbare Last wird von meinen Schultern genommen. Es ist ein Augenblick der Harmonie und inneren Ruhe, in dem ich mich vollkommen verbunden fühle mit allem, was existiert.

Die Visionen, die ich soeben erlebe, fühlen sich an wie eine offene Tür zu meinem tiefsten Inneren, eine Enthüllung meiner sehnlichsten Wünsche. Jedes Bild, das auf der verschlossenen Tür im Eingang des Schlosses verewigt ist, scheint ein Teil meines Wesens widerzuspiegeln. Doch während ich mich in diesen Gedanken vertiefe, taucht eine Frage auf, die mir keine Ruhe lässt: Was ist die Verbindung zwischen meiner Vision und der geheimnisvollen verschlossenen Tür? Vielleicht finde ich dies heraus, wenn ich den Ort nochmals aufsuche.

Ich richte erneut den Fokus auf die Stille in mir und merke dabei, wie die unzähligen Gedanken, die zuvor wie wild umherfliegende Vögel durch meinen Verstand flatterten, nun zu Schmetterlingen werden, die behutsam um mich herumfliegen. Ich lasse mich von der Magie einfangen, während ich mich tiefer in die Weiten versenke. Die einst so quälenden Fragen, die mich beinahe an den Rand des Wahnsinns trieben und deren Antworten sich mir so hartnäckig entzogen, scheinen sich nun zu verflüchtigen. In diesem stillen Moment der Kontemplation wage ich es, jede Facette meiner Existenz zu hinterfragen – mein Sein, meine Präsenz in dieser Welt, die unergründlichen Wege meiner Träume und Sehnsüchte. Als ob ich die Grundfesten meines

Lebens neu kalibriere, jeden Stein meiner Identität umdrehe und jeden einzelnen Charakterzug meiner Persönlichkeit unter die Lupe nehme. Die Grenzen zwischen dem Bekannten und dem Unbekannten verschwimmen. Ich finde mich in einem Ozean der Möglichkeiten treibend wieder, wo jede Welle eine neue Erkenntnis birgt und jeder Windhauch eine neue Frage aufwirft. In dieser verworrenen Landschaft des Selbst tauche ich tiefer ein, tastend nach dem Kern meiner Existenz, bereit, die Mysterien zu enthüllen, die hinter dem Schleier der Alltäglichkeit verborgen liegen.

In meinen Gedanken versunken, lasse ich die Erinnerungen an die Träume der vergangenen Nächte vorüberziehen. Sie sind so lebendig, so intensiv, dass sie sich anfühlen wie wirkliche Erlebnisse, die in meinem Geist verankert sind. Die Grenze zwischen Traum und Wirklichkeit verliert ihre Klarheit, als ob beide Welten sich in einem unaufhaltsamen Fluss miteinander vermengen. Ich frage mich, ob das, was ich in meinen Träumen erlebe, nicht vielleicht sogar realer ist als das, was ich als mein waches Leben betrachte. Vielleicht wandere ich zwischen verschiedenen Welten oder ich bin aufgestiegen zu einer neuen Ebene des Seins. All diese Gedankenspiele führen mich nur im Kreis. Ich erkenne, dass es nutzlos ist, sich den Kopf darüber zu zerbrechen.

Stattdessen beschließe ich, Ruhe zu bewahren und Geduld zu üben. Ich vertraue darauf, dass ich von etwas Göttlichem geführt werde und dass der Pfad meiner Entdeckungen mich letztendlich zu den Antworten führen wird, die ich so dringend suche. Mit dieser Zuversicht im Herzen lasse ich mich von den Gezeiten des Lebens treiben und bin bereit, dem Fluss des Universums zu folgen.

Langsam erhebe ich mich aus dem weichen Gras, strecke meine Glieder und beende meine Rast. Ich atme tief ein und aus, nehme die Energie der Natur noch einmal in mich auf und bewege mich achtsam durch das Grün in Richtung Wald, bereit für neue Abenteuer.

Im Wald angekommen, begebe ich mich direkt auf den Weg zur Höhle, deren Eingang Alma und ich möglicherweise gestern Nacht geöffnet haben. Zunächst erwäge ich kurz, ob Alma vielleicht auch die Geheimnisse der Höhle erkunden möchte, doch meine innere Stimme sagt mir, dass ich diese Reise allein antreten sollte.

Am Höhleneingang erfüllt mich eine Welle der Freude, als ich erkenne, dass unsere Bemühungen in der vergangenen Nacht erfolgreich waren und der Weg nun offen steht. Trotzdem macht sich eine gewisse Furcht in mir breit, als ich mich dem dunklen Eingang nähere. Doch meine Neugier ist größer als meine Angst und mutig wage ich es, weiter in die geheimnisvollen Gänge der Höhle vorzudringen. Während ich tiefer in sie hineingehe, wird die Dunkelheit darin immer dichter, und bald erkenne ich kaum noch meine eigene Hand vor Augen. Eine Lampe oder eine Fackel wäre jetzt sehr nützlich. Vielleicht habe ich Glück und finde so etwas beim Hof. Ich könnte auch beim Sägewerk schauen, ob mir die beiden Brüder helfen können. Ohne Licht fühle ich mich wie ein Schiff in der Nacht ohne Stern am Himmel.

Ich beschließe, Rolf und Konrad aufzusuchen, um das Problem mit der fehlenden Lichtquelle zu klären. Eilig gehe ich zum Sägewerk, voller Hoffnung, dass sie etwas haben, das mir den Weg erleuchtet. Als ich dort ankomme, läuft mir ein junger Mann entgegen, sein Gesichtsausdruck von Dringlichkeit gezeichnet.

»Komm schnell mit«, ruft er mir zu. »Ich brauche deine Hilfe.«

Obwohl ich im Unklaren darüber bin, was geschieht, merke ich, dass die Ernsthaftigkeit in seiner Stimme und seinem Blick keinen Zweifel zulässt. Und so entscheide ich mich, meinen Gefühlen zu vertrauen und dem jungen Mann zu folgen, wohin auch immer er mich führen mag.

Wir bleiben am Rande des Tals beim Sägewerk an einem kleinen Baum stehen, unter dem ein verletzter Wolf liegt.

»Hilf mir, ihn zum Haus zu tragen«, beginnt der junge Mann zu sprechen, der offensichtlich Rolfs jüngerer Bruder ist.

»Ich schaffe das nicht allein. Rolf ist gerade unterwegs zum Hof, um Engus und Vincent ihr repariertes Werkzeug zu bringen«, fügt Konrad hinzu.

Ich erinnere mich daran, wie die beiden Männer vor einigen Tagen bemüht waren, den alten Tisch auf dem Hof zu reparieren, ihre Hände geschickt über das Holz bewegend, während sie nach Lösungen für ihr Vorhaben suchten. Es hatte etwas Beruhigendes, wie sie mit Werkzeugen hantierten und ihre Köpfe zusammensteckten, um den Tisch wiederherzustellen.

»Nimm du die Hinterbeine, und ich packe an den Vorderbeinen an«, weist er mich an.

»Bei drei. Ein, zwei und hoch«, rufen wir synchron, als wir den verletzten Wolf behutsam anheben.

Wie ein gut eingespieltes Team tragen wir den Wolf zum Haus. Ich kann ihm förmlich ansehen, wie sehr er sich mit den Schmerzen quält, und gleichzeitig merke ich, wie dankbar er über unsere Hilfe ist.

Ich nehme eine unerklärliche Verbindung zu dem Wolf wahr, die weit über das Physische hinauszugehen scheint. Als ob wir auf einer Ebene interagieren, die jenseits der Sprache und Gesten liegt – eine urtümliche Verständigung, die tief in unserem Sein verwurzelt ist. Ich erkenne in diesem Augenblick, dass Kommunikation mehr sein kann als nur Worte. Es ist eine energetische Berührung, die uns in einem unsichtbaren Netzwerk verbindet, das die Grenzen von Raum und Zeit zu überschreiten scheint.

Ist es möglich, dass wir Menschen diese Fähigkeit besitzen, sie jedoch im Laufe der Zeit vergessen oder verlernt haben? Wäre es denkbar, dass wir tatsächlich lernen können, die Sprache der Natur wieder zu verstehen? Was, wenn diese Verbindung uns nicht nur hilft, unser eigenes Wesen besser zu begreifen, sondern auch unser Mitgefühl und unsere Verantwortung für die Umwelt stärkt? Möglicherweise ist dies ein Weg zurück zu unseren Wurzeln, zu einem Zustand des Seins, in dem wir uns als Teil eines größeren Ganzen wahrnehmen. Könnte die Wiederentdeckung dieses Potenzials der Schlüssel zu einem erfüllteren Leben sein? Vielleicht ist es an der Zeit, diese verborgene Begabung neu aufzuspüren und in Einklang mit der Natur und den Tieren zu leben.

Als wir das Haus erreichen, legen wir den verletzten Wolf vorsichtig auf eine Strohmatte, die unter dem Vordach des Eingangs liegt. Konrad bedankt sich bei mir mit einer herzlichen Umarmung, die mich so fühlen lässt, als würde ein alter, vertrauter Freund mich in den Armen halten.

»Danke für deine Hilfe«, sagt er mit erleichterter Stimme. »Keine Sorge, dem Wolf wird es bald wieder gut gehen. Ich kümmere mich um ihn.«

Obwohl es mir gerade ungelegen erscheint, muss ich auch um Hilfe bitten. Es ist unerlässlich, eine Lichtquelle zu haben, um in die Höhle einzudringen. Mit einem Lächeln auf den Lippen erwidere ich Konrads Dankesworte:

»Es war mir eine Freude zu helfen.«

Doch dann lenke ich das Gespräch auf meine Bitte.

»Ich brauche dringend etwas, um die dunklen Gänge der Höhle zu erleuchten«, erkläre ich, während mein Blick auf einen schattenhaften Gegenstand an der Hauswand fällt. »Könntest du mir dabei behilflich sein?«

Konrad nickt verständnisvoll und lächelt mich ermutigend an.

»Natürlich, du kannst gerne diese alte Fackel dort nehmen«, antwortet er freundlich.

»Du brauchst sie mir nicht zurückbringen. Behalte sie einfach. Aber vergiss den Anzünder nicht. Er liegt dort drüben auf der Bank.«

Mit einer tiefen Dankbarkeit im Herzen verabschiede ich mich von Konrad und dem verletzten Wolf und mache mich auf den Weg zur Höhle.

Ich stehe erneut vor der Höhle, hole den Anzünder aus meiner Tasche und entzünde die Fackel, die ich in meiner linken Hand halte. Das Zischen und Knistern der entfachten Flamme durchbricht die Stille, während das Licht der Fackel die Dunkelheit des Höhleneingangs vertreibt. Ich bin entschlossen, weiterzugehen, als ich den Gang betrachte, der sich nun klar und deutlich vor mir ausbreitet. Nach einer gefühlten Ewigkeit des Vorwärtsschreitens, finde ich mich am vermeintlichen Ende des Ganges wieder.

Vor mir entfaltet sich eine beeindruckende Höhle, die beinahe wie eine verborgene Welt unter der Erde wirkt. Die Feuerschalen zu meiner Linken und Rechten, welche den Eingang markieren, verbreiten ein warmes, einladendes Licht. Die massiven Steinsäulen, die hoch aufragen, scheinen die Last der Erde zu tragen und rahmen den Anblick mit ihrer antiken Pracht ein. Über mir erstreckt sich ein riesiger Raum voller farbenfrohe Lichtstrahlen.

Überall sind riesige Pilze zu sehen, deren Lichtquellen die gesamte untere Welt in ein buntes Licht tauchen. Je weiter ich in die Dunkelheit der Höhle vordringe, desto mehr Nuancen und Facetten enthüllen sich mir. Vielleicht verbirgt sich in ihrem Spiel eine geheime Führung oder eine Warnung vor den Gefahren, die in dieser unterirdischen Welt lauern. Trotz des Unbekannten, das mich erwartet, fühle ich einen starken inneren Ruf, mich den Herausforderungen zu stellen. Meine Neugier treibt mich an, weiter in diese mysteriöse Unterwelt vorzustoßen.

Als ich den leuchtenden Pilzen näher komme, umfängt mich ein leises Schwingen – wie eine lebendige Energie, die mich in die verborgene Tiefe dieser Welt zieht. Mit jedem Schritt stärkt diese Kraft mein Wesen mehr, bis ich vollständig mit ihr verschmelze. Mein Herz schlägt schneller, und ich fühle die lebendige Kraft in mir aufsteigen, als ob sich eine verborgene Quelle der Inspiration geöffnet hat. Als würde in mir eine neue, pulsierende Energie erwachen, deren Ursprung ich nicht begreife. Meine Sinne schärfen sich, und ich komme einem unerforschten Teil meiner selbst näher, der mir bisher verborgen war.

Inmitten der strahlenden Umgebung der Pilze erblicke ich an einer Felswand ein Gemälde und sofort erkenne ich den Stil. Es ist zweifellos ein Kunstwerk von Renold von Silberberg. Die Lebendigkeit und die Komplexität seiner Striche faszinieren mich. Als würde ich in eine Welt eintauchen, die gleichzeitig real und doch unergründlich ist. Ich spüre eine tiefe Verbindung zu dem, was ich sehe. Mein ganzes Wesen geht in Resonanz mit den Farben, Formen und Energien des Gemäldes. Ich betrachte das Gemälde genauer und entdecke unterhalb des Bildes eine fein eingravierte Botschaft:

Wo die Sonne im Inneren scheint und die Flüsse der Emotionen fließen, dort ruht ein Schlüssel zur Kraft des Selbst.

In diesem Moment nehme ich etwas Seltsames wahr. Ein verschleierter Vorhang beginnt sich zu lüften, und ich sehe Fragmente vertrauten, liebevollen Umarmungen, das Lachen geliebter Menschen und Momente tiefer Verbundenheit. Doch meine Sicht ist noch leicht getrübt. Warum tauchen die Erinnerungen gerade jetzt, an diesem geheimnisvollen Ort auf?

Ich beschließe, die Erkundung dieser faszinierenden Höhle fortzusetzen, und mit jedem Schritt, den ich voranschreite, scheine ich tiefer in eine Welt einzutauchen, die fernab von allem liegt, was ich je zuvor erlebt habe.

Jedes Mal, wenn ich eine neue Biegung erreiche, erwartet mich ein Anblick von atemberaubender Schönheit und unergründlicher Tiefe. Als ob die Höhle ein lebendiges Wesen ist, das mir seine Geheimnisse in kleinen, funkelnden Momenten enthüllt.

Während ich weitergehe, entdecke ich immer mehr Bilder, die in die Felswände gemalt wurden – jedes schöner als das vorherige. Obwohl es nur Muster und Farbverschmelzungen sind, habe ich das Gefühl, dass jedes Kunstwerk eine Geschichte erzählt. Vielleicht bin ich in der Welt meiner eigenen Schatten gelandet, und auf diesen Gemälden werden meine unerlösten Emotionen gezeigt.

Inzwischen bin ich davon überzeugt, dass die Erlebnisse der vergangenen Tage Teil einer Reise sind, die durch Raum und Zeit führt. Es ist eine Expedition, die die Grenzen zwischen Realität und Illusion verschwimmen lässt und mich zu den verborgenen Tiefen des Bewusstseins geleitet.

Ich beginne zu begreifen, dass jede Begegnung

eine tiefere Bedeutung in sich trägt und die Welt um mich herum nicht nur ein physischer Ort ist, sondern auch ein Spiegel meiner Gedanken, Erinnerungen und Gefühle. Die Wirklichkeit, die ich erlebe, ist eine Manifestation meines inneren Zustands, eine Projektion meiner eigenen Landschaft. Die Welt, die ich wahrnehme, ist das Spiegelbild meiner inneren Visionen, geformt durch das, was ich in meinem Geist erschaffe. Es ist eine endlose Spirale der Schöpfung und Reflexion, in der Vergangenheit, Gegenwart und Zukunft ineinander verschmelzen. In diesem Bewusstsein beginne ich zu begreifen, dass der Schlüssel zur Selbstfindung nicht im Äußeren, sondern in den Räumen meines Geistes verborgen ist. Durch das Verständnis meiner eigenen Motivationen, Ängste und Sehnsüchte kann ich die Verbindung zwischen meiner inneren Welt und der äußeren Realität erkennen. Es ist eine Reise der Erkenntnis, die mich dazu bringt, die Grenzen meines eigenen Selbst zu überschreiten und die verborgenen Wahrheiten zu erkunden.

Von meinen Gedanken und Gefühlen getragen, schreite ich unaufhaltsam voran und dringe immer weiter in die unergründlichen Tiefen der Höhle ein. Etwas Besorgnis streift meine Sinne, als ich mir die Frage stelle, ob ich wohl den Rückweg finde, wenn ich später wieder hinaus möchte. Doch meine Neugier, das Geheimnis dieser mystischen Umgebung zu ergründen, überwiegt meine Bedenken.

Plötzlich halte ich inne, als meine Augen einen Anblick von unvorstellbarer Schönheit erfassen. Vor mir erstreckt sich ein wahrhaft magisches Panorama leuchtender Pilze, deren Strahlen ein Kaleidoskop aus Farben in die Dunkelheit zaubern. Diese Pilze, so strahlend und lebendig, heben sich deutlich von den anderen ab, die ich zuvor entdeckt habe. Jeder einzelne von ihnen entfaltet ein eigenes Lichtspektakel, und ich kann mich nicht sattsehen an diesem faszinierenden Schauspiel. Ich fühle mich in dieser leuchtenden Oase wie in einem Märchenland, fernab der gewohnten Welt des Alltags. In ihrem zarten Licht erkenne ich die Schönheit und Fülle des Lebens, die Vielfalt und Harmonie der Natur.

Ein paar Schritte weiter entdecke ich ein großes Tor, dessen Präsenz mich unweigerlich in ihren Bann zieht. Jeder Bogen und jede Kurve scheinen verborgene Geheimnisse zu bewahren. Davor stehen vier leere Schalen, die auf verzierten Säulen ruhen. Jede dieser Säulen ist ein Kunstwerk aus früheren Epochen, ihre Oberflächen reich verziert mit kunstvollen Mustern und Symbolen. Die Schalen selbst wirken, als warteten sie darauf, mit etwas Weltvollem gefüllt zu werden.

Entschlossen, die Geheimnisse dieser rätselhaften Gefäße zu erkunden, lenke ich meinen Fokus auf eine, die meine Aufmerksamkeit besonders auf sich zieht. Sie strahlt in einem sanften Rosa. Als ich näherkomme, um sie genauer zu betrachten, spüre ich ein vertrautes Gefühl, das mir bereits bei dem Gemälde an der Felswand begegnete. Ich erkenne eine Inschrift, die sich in die Schale eingraviert zeigt. Die Worte sind identisch mit denen auf dem Gemälde.

Wo die Sonne im Inneren scheint und die Flüsse der Emotionen fließen, dort ruht ein Schlüssel zur Kraft des Selbst.

Ich fühle mich wie ein Entdecker, der ein fehlendes Puzzleteil gefunden hat, das ihm einen Einblick in das größere Bild gewährt. Schließlich wende ich mich den anderen Schalen zu. Eine davon leuchtet in einem lebendigen Grün, und ihre Inschrift lautet:

Selbst im Dunkelsten bin ich zu finden. Wenn du mich entdeckst, erfüllt es dich mit Licht und Frieden.

Die grüne Farbe erinnert mich an die Frische eines neuen Morgens und weckt in mir ein Gefühl von Hoffnung und Erneuerung.

Mein Fokus wandert zur nächsten Schale, die in einem warmen Pfirsichton leuchtet und ebenfalls eine Inschrift trägt:

Was umgibt uns stets, ob in Fülle oder in Knappheit, und bringt das Herz zum Singen, wenn wir es erkennen? Es strahlt heller als jede Sonne und wärmt uns in den kältesten Stunden der Nacht.

Diese Worte erinnern mich daran, die kleinen Freuden des Lebens zu schätzen und für die Segnungen, die mir widerfahren sind, dankbar zu sein.

Als ich mich der letzten Schale nähere, wird auf einmal meine Tasche warm und ich entsinne mich, dass ich die kleine Schachtel mit der Blume bei mir trage.

Ich greife in meine Tasche und halte sie nun in meiner Hand. In dem Moment, als ich die Schachtel öffne, fängt die Blüte an zu pulsieren und strahlt mich in einem hellerleuchteten Weiß an. Ein Gefühl von Leichtigkeit und Frieden durchdringt mich, während ich die Blume betrachte. Die Schale vor mir, ebenso in reinem Weiß gehalten, leuchtet förmlich und auch diese trägt eine Botschaft in sich:

In mir wohnt eine Kraft, die die Finsternis durchdringt und das Innere erleuchtet. Ihr Schein bringt nicht nur Klarheit, sondern auch die Barmherzigkeit der Erkenntnis und des Friedens.

Die Blume und die Schale scheinen füreinander bestimmt zu sein. Vorsichtig lasse ich die Blume auf den Boden der Schale sinken, und in dem Moment, in dem sie die Schale berührt, beginnt sie sich wie von selbst zu verwurzeln.

Plötzlich dringt ein leises Geräusch an mein Ohr, das vom großen Tor herüberklingt. Voller Erwartung merke ich, dass sich etwas Gewaltiges in Bewegung setzt. Jetzt wird mir klar, weshalb die Schalen auf den Säulen vor dem Tor stehen. Sie scheinen einen verborgenen Mechanismus zu bergen, der die Pforte ins Unbekannte öffnet. Ich bin voller Aufregung, während ich mir vorstelle, was sich hinter diesem Geheimnis verbergen könnte.

Meine Gedanken kreisen um das Gemälde, das ich entdeckte, als ich die Höhle betrat. Es wird mir immer klarer, dass es eine Verbindung zur rosa Schale gibt. Etwas in der Art und Weise, wie beide Elemente sich präsentieren, könnte einen verborgenen Hinweis enthalten. Die Spannung in mir steigt, als ich mich darauf vorbereite, das Gemälde erneut zu betrachten, in der Hoffnung, endlich eine Lösung für das Rätsel zu finden.

Ich nähere mich dem Ort, an dem das Gemälde an der Felswand hängt. Als ich das Kunstwerk in seiner ganzen Pracht betrachte, umgibt mich erneut das warme Gefühl, das ich zuvor schon gespürt habe. Mein Blick gleitet über jede Linie, jede Farbe, jeden Pinselstrich. Diesmal, mit mehr Aufmerksamkeit und einer tieferen Verbindung, fühlt es sich anders an – intensiver, als ob das Bild mir mehr offenbaren möchte als zuvor. Ich bin mir sicher, dass ich auf dem richtigen Weg bin, die Geheimnisse dieser Höhle zu entschlüsseln.

Die weiße Schale mit der Blume darin wirkt wie ein Sinnbild von Reinheit. Ihr Glanz füllt den Raum mit einem Gefühl von Frieden und Harmonie. Sie scheint das Licht selbst zu verkörpern, das jeden Schatten vertreibt und die Dunkelheit durchdringt. Wenn sie tatsächlich das Licht symbolisiert, dann könnte das Gemälde, zusammen mit der rosa strahlenden Schale, für die Liebe stehen. Ihre Farben erinnern mich an die Geborgenheit einer liebevollen Umarmung und an die Zärtlichkeit eines vertrauten Kusses. Jedes Mal, wenn ich mich dem Bild oder der Schale näherte, umhüllte mich eine unbeschreibliche Wärme, als ob mein Herz in einer sanften Umarmung ruht. Wenn diese Interpretation der Wahrheit entspricht, dann benötige ich einen Gegenstand, der die Essenz der Liebe verkörpert.

In dieser magischen Welt, umgeben von den geheimnisvollen Gängen und leuchtenden Farben der Höhle, stehe ich vor einer Aufgabe, die die Essenz der Liebe enthüllen könnte. Als ob die Schatten meiner Vergangenheit mich zu dieser Herausforderung geführt haben und sie mir eine Botschaft über die Macht der Liebe vermitteln wollen. Der Weg führt mich zu den verborgenen Schätzen meines Herzens, wo ich die Antworten finde, die nicht nur das Tor dieser Höhle öffnen, sondern auch die Geheimnisse meines Kerns.

In dem Moment, als mir klar wird, dass noch zwei weitere Rätsel auf mich warten, erkenne ich, dass die Antworten, nach denen ich suche, nicht hier in den verschlungenen Wegen der Höhle zu finden sind.

Entschlossen, die Suche an einem anderen Ort fortzusetzen, trete ich den Rückzug aus dieser faszinierenden, doch auch so rätselhaften Unterwelt an.

Der Pfad zurück zum Ausgang zieht sich endlos dahin, jeder Schritt auf dem Weg zur Oberfläche fühlt sich wie ein Abschied an – von etwas, das nicht nur unter der Erde verborgen lag, sondern auch in mir. Der Druck der Dunkelheit hinter mir wird zunehmend leichter, und ich weiß, dass ich der Oberfläche, wenn auch noch nicht sichtbar, immer näherkomme.

Kapitel 7

Alles fügt sich

Ein zauberhaftes Strahlen fällt mir entgegen, als ich das Licht vor mir erblicke und den Ausgang aus der Höhle entdecke. Der Schleier der Dunkelheit fällt von mir ab, während ich die warmen Sonnenstrahlen auf meiner Haut spüre. Ein Seufzer der Erleichterung entweicht mir, begleitet von einem Lächeln, das sich auf meinem Gesicht ausbreitet. Trotz der faszinierenden Welt, aus der ich gerade komme, fühle ich eine Woge der Dankbarkeit, als ich die Helligkeit des Tages sichte.

Als meine Füße den weichen Waldboden berühren, ergreift mich ein seltsames Gefühl der Verwirrung. Dieser Ort erscheint mir fremd, es ist nicht der vertraute Wald, den ich erwartet habe. Obwohl ich mir sicher bin, den gleichen Weg zurückgenommen zu haben, beginne ich zu zweifeln. Irgendetwas in den Gängen der Höhle muss sich verändert haben, sodass ich hier gelandet bin.

Die Ungewissheit nagt an mir, während ich die ungewohnte Umgebung betrachte und nach Hin-

weisen suche, die mir die Situation erklären könnten. Der Anblick des Höhleneingangs versetzt mich
in Staunen. Er ist identisch mit dem Eingang im
anderen Wald, eine exakte Kopie. Doch angesichts
der Wunder und Merkwürdigkeiten, die ich in dieser
Welt bereits erlebt habe, überrascht mich die Ent-
deckung nicht mehr. Es fühlt sich an, als hätte ich
die Grenzen meiner gewohnten Welt durchbrochen
und sei in eine Dimension eingetreten, die fernab
von allem liegt, was ich bisher kannte. Jeden Schritt,
den ich hier mache, führt mich tiefer in das Gewebe
des Unbekannten.

Während ich den neuen Ort erkunde, enthüllt sich
vor mir die Silhouette einer massiven Festungsmau-
er, die sich über dem umliegenden Gelände erhebt.
Der Anblick dieser Mauern erinnert mich lebhaft an
jenen Moment vor einiger Zeit, als ich diese Festung
mit dem massiven Tor entdeckte. Es scheint, als
hätte ich die verworrenen Pfade der Höhlen durchquert und einen verborgenen Weg gefunden, der
mich auf die gegenüberliegende Seite geführt hat.

In mir brennt die Neugier zu erfahren, was sich
wohl hinter diesen Mauern verbirgt – vielleicht einen Hinweis auf die geheimnisvollen Inschriften in
der Höhle. Mit jedem Schritt entlang des Gemäuers

spüre ich die Spannung steigen, voller Hoffnung, dass sich mir bald ein Weg hinein offenbart.

Schon bald entdecke ich tatsächlich eine alte Holztür, die den Weg ins Innere zu weisen scheint. Vorsichtig versuche ich, die Tür zu öffnen, und sie bewegt sich ohne den geringsten Widerstand.

Mein Herz schlägt schneller, als ich eintrete. Vor mir entfaltet sich ein Anblick, der wie aus einer fernen Epoche wirkt. Gesäumt von antiken Möbeln, deren Oberflächen die Spuren der Zeit tragen, erscheinen die feinen Schnitzereien beinahe lebendig. Ein großer, prunkvoller Kronleuchter hängt von der Decke, seine Kristalle glitzern im schummrigen Licht der flackernden Kerzen in tausend Farben. Eine ehrwürdige Stille umhüllt den Raum, als ob er die Geheimnisse vergangener Generationen bewahren würde. Ein alter Kamin in der Ecke, dessen Flammen längst erloschen sind, trägt zur wohligen Stimmung des Raums bei. Die Wände sind mit wunderschönen Bilder dekoriert, die eine Geschichte aus längst vergangenen Tagen zu erzählen scheinen. Und während ich mich nähere, um die Details zu erkunden, fallen mir sofort die Initialen auf den Bildern ins Auge. Es sind die von Renold von Silberberg.

Die Frage, ob ich jemals auf Renold von Silberberg treffen werde, nistet sich in meinem Geist ein und lässt mich nicht los. Ich habe eine vage Ahnung, dass die Antwort in den verworrenen Rätseln der Unterwelt verborgen liegt. Vielleicht, so hoffe ich, werden die Geheimnisse, die ich dort entdecke, Licht auf sein Verschwinden werfen. Doch während ich mich darauf vorbereite, das Unbekannte zu enthüllen, nagt die Unruhe in mir, dass die Antworten, die ich finde, anders lauten könnten als erwartet.

Durch die Fenster erblicke ich den weiten und verlassenen Innenhof der Festung, der seit Ewigkeiten unbelebt zu sein scheint. Vor mir liegt eine Tür, die in den Hof führt, und ohne zu zögern, trete ich hindurch.

Inmitten des weiten Hofes ragt ein Turm empor. Seine massiven Mauern scheinen die Zeit zu überdauern und Zeuge unzähliger Geschichten zu sein. Zu meiner Rechten erstreckt sich eine Kapelle mit kunstvollen, farbenfrohen Fenstern, die das goldene Sonnenlicht in ein magisches Schauspiel verwandeln. Ein Eingang, der den Weg in die verborgenen Geheimnisse der Festung weist, liegt nur wenige Schritte entfernt.

Der Platz ist von üppigem Grün überzogen, während sich der Efeu an den Mauern emporwindet und die Pflanzen sich nahtlos mit der Architektur vereinen. Ein seltsames Gefühl der Faszination zieht mich unweigerlich zum Turm. Zunächst zögere ich, doch der Gedanke an die Aussicht von der Spitze ergreift mich mit einer unbändigen Sehnsucht. Was für ein Blick muss sich von dort oben wohl bieten? Der Wunsch, diese Aussicht zu erleben, wird immer stärker. Schließlich gebe ich nach und beginne, den Turm hinaufzusteigen.

»Einfach wunderschön«, entfährt es mir leise, als ich von der atemberaubenden Aussicht über die Berglandschaft überwältigt bin.

Hier befinde ich mich wirklich inmitten des Nirgendwo, umgeben von endlosen Bergen und Wäldern. Die grenzenlose Weite und die Stille dieser Umgebung erwecken ein Gefühl der Dankbarkeit in mir. Die unberührte Natur um mich herum lässt mich erkennen, wie kostbar dieser Augenblick ist und wie privilegiert ich bin, ihn erleben zu dürfen. In dieser zeitlosen Ruhe bin ich lebendig, verbunden mit allem um mich herum. Freiheit erfüllt mich, wie ich sie zuvor noch nie erlebt habe. Von dieser erhöhten Position aus überblicke ich auch den Hof, und ich überlege, ob ich später hinuntergehen sollte, um nach Alma zu sehen.

Etwas in mir flüstert, dass sie mir bei dem Rätsel der Liebe helfen könnte, das mich seit meinem Eintauchen in die geheimnisvolle Höhle beschäftigt. Doch ebenso führt mich mein innerer Kompass dazu, Anton, den alten Mann, aufzusuchen. Ich bin mir sicher, dass er weitere Antworten auf meine Fragen hat.

Trotz des Verlangens, noch länger in diesem Moment zu verweilen und die Schönheit der Natur in mich aufzusaugen, entscheide ich mich dazu, den Innenhof der Festung näher zu erkunden. Nach einem letzten Blick auf die weiten, sich bis zum Horizont erstreckenden Landschaft, steige ich die Treppe hinab und mache mich direkt auf den Weg zur Kapelle.

Vor ihrem Tor angekommen, umfängt mich sofort die heilige Atmosphäre dieses Ortes, als würde sie mich mit ihren unsichtbaren Armen umhüllen. Wie durch einen Sog werde ich in das Innere gezogen. Dort empfängt mich eine Symphonie aus Farben und Lichtern. Die kunstvollen Glasfenster zaubern ein unvergessliches Lichtspiel in den Raum. Entlang der Wände der Kapelle sind zahlreiche Kerzen platziert, deren sanfte Farbe der Schale aus der Höhle ähnelt, die in zartem Pfirsichton erstrahlt. Ich erkenne sofort die Verbindung dieser beiden Elemente.

Auf der gegenüberliegenden Seite des Eingangs fällt mein Blick auf ein faszinierendes Gemälde. Es zeigt einen Menschen, in tiefer Meditation versunken, die Hände liebevoll vor der Brust gefaltet und den Kopf leicht nach vorn geneigt, als würde er in innigster Dankbarkeit verweilen. Ich spüre dieses Gefühl förmlich in mir, als wäre ich selbst der meditierende Mensch auf der Leinwand. Eine Vermutung erwacht in mir, dass ich möglicherweise in dieser Empfindung Hinweise finden werde, die mich auf meinem Weg unterstützen.

Langsam fügt sich alles. Die Elemente der Liebe, des Lichts und der Dankbarkeit, als wären sie Teil eines großen, kosmischen Gewebes. Doch während diese Puzzleteile langsam ihren Platz finden, bleibt noch eines ungelöst: Welche Gegenstände müssen in die Schale gelegt werden, um das große Tor zu öffnen? Mir ist ebenso völlig unklar, welche diese sein könnten, die im Zusammenhang mit Liebe, Dankbarkeit und dem noch ungelösten Rätsel stehen.

Nachdem ich die Kapelle gründlich erkundet und keine weiteren Hinweise gefunden habe, beschließe ich, tiefer in die Geheimnisse dieses Bauwerks vorzudringen. Ich bin fest entschlossen, dass ich dort Antworten finden werde.

Als ich schließlich am Eingang stehe, der mich ins Innere der Festung führt, nehme erneut diese vertraute Energie wahr, die auch in der Kapelle präsent war. Die Fenster und Kerzen, die den Raum erhellen, sind genau die gleichen wie zuvor, was mich in meiner Hoffnung bestärkt, hier etwas zu entdecken.

Drinnen empfängt mich ein warmes Licht, das von den Kerzen entlang einer breiten Treppe ausgestrahlt wird, die links und rechts die Stufen beleuchten. Jeder Schritt führt mich tiefer hinein in das Herz der Festung, und als ich die Stufen hinabgehe, umhüllt mich ein Schleier von Ehrfurcht und Geheimnis. Nach einigen Schritten in die Tiefe stehe ich vor einer Holztür, kunstvoll verziert mit Symbolen und Ornamenten. Sie erinnert mich stark an die Tür, die ich mit Alma erkundet habe, doch hier sind andere Bilder zu erkennen. Jedes davon strahlt eine tiefe Dankbarkeit aus und mir wird bewusst, dass sich die Tür nur öffnen lässt, wenn ich mich diesem Gefühl voll und ganz hingebe.

In dieser Welt, in der die Grenzen zwischen Realität und Vorstellungskraft verschwimmen, erhebt sich die Frage: Warum sollte ich nicht meine Gedanken und Vorstellungskraft nutzen, um diese Tür zu öffnen? Es ist ein Eingebung, der wie ein Lichtstrahl in meinem Geist auftaucht und mich mit einem Gefühl der Möglichkeiten erfüllt. In diesem Augenblick kehren Erinnerungen an das wundervolle Gefühl der Klarheit zurück, dass ich unter dem Schutz des großen Baumes erlebt habe. Diese Verbundenheit mit allem um mich herum lässt mich erkennen, dass genau jetzt der Moment gekommen ist, meine Fähigkeiten auf die Probe zu stellen.

Ich begebe mich in den Innenhof der Festung auf der Suche nach einem Ort der Stille und des Friedens, wo ich in Ruhe meine Gedanken sammeln und mich mit meiner inneren Kraft verbinden kann. Der Platz breitet sich vor mir aus, ein Mosaik von versteckten Ecken und Winkeln, jeder einladender als der andere. Doch unter all den verlockenden Möglichkeiten zieht mich eine Kulisse besonders in ihren Bann. Ein Baum erhebt sich stolz am Rande des Hofes, dessen grüne Blätter wie schützende Arme ausgebreitet sind. Unter seinen Zweigen befindet sich ein erloschenes Lagerfeuer. Es ist ein eigenartiger Anblick, denn obwohl die Umgebung verlassen wirkt, scheint das Feuer noch nicht lange erloschen zu sein. Ich frage mich, ob hier vor Kurzem noch jemand war oder vielleicht sogar noch jemand ist. Trotz dieser Überlegung nehme ich schließlich Platz am Lagerfeuer, um meinen Fokus auf das Öffnen der Tür zu richten.

In einem Augenblick der Stille und des Innehaltens versinke ich in meiner Meditation, lasse meine Gedanken los und tauche tief in die Weiten meiner Existenz ein. Klarheit ergreift meinen Geist und erlaubt mir, den gegenwärtigen Moment in seiner ganzen Reinheit zu erfassen. Meine Atmung wird ruhig und gleichmäßig, im Einklang mit dem Puls der Welt um mich herum. Jede Sorge und jeder Zweifel weht hinfort, bis nur noch ein Gefühl von Frieden und Verbundenheit zurückbleibt. Ich werde eins mit allem um mich herum, verbunden mit der Essenz des Lebens selbst. Als ob ich in diesem Moment die Grenzen meines eigenen Selbst überschreite und Teil des großen Ganzen werde, das alles miteinander vereint. Jeder Atemzug wird zu einem Ausdruck dieser tiefen Verbundenheit, und ich empfinde eine unbeschreibliche Dankbarkeit für das Geschenk des Seins.

Vor meinen Augen entfalten sich Visionen und Bilder, als würden vergessene Erinnerungen zum Leben erwachen. Ich sehe mich selbst in Momenten, in denen mich Dankbarkeit erfüllte. Es ist eigenartig, mich selbst in diesen Augenblicken zu sehen. Trotz der Vertrautheit dieser Szenen fällt mir auf, dass etwas fehlt. Meine Dankbarkeit war bisher nur oberflächlich, kaum tiefer gehend. Es fühlt es sich an, als würde mir ein Spiegel vorgehalten, der mir schonungslos die Oberflächlichkeit meiner bisherigen Dankbarkeit zeigt. Als würde etwas in mir nach einer Tiefe suchen, die ich bisher noch nicht erreicht habe – einer Verbindung, die nicht nur äußerlich, sondern auch im Inneren spürbar ist.

Dankbarkeit ist ein tiefes Gefühl der Wertschätzung und des Erkennens der Segnungen und Geschenke in unserem Leben. Sie ist eine tiefe Anerkennung für das, was wir haben und wer wir sind, ein Gefühl, das die Seele berührt und über materielle Dinge hinausgeht. Sie lässt uns die Schönheit im Alltäglichen erkennen und erinnert uns daran, dass das Leben selbst ein Geschenk ist. Dankbarkeit ist ein innerer Zustand, der aus einem tiefen Verständnis für das Leben, für die Menschen um uns herum und für die Welt, in der wir leben, entsteht. Diese Wertschätzung kommt aus einem Ort der Demut und des Friedens und ermöglicht es uns, selbst in schwierigen Zeiten das Gute zu sehen.

Innere Dankbarkeit bringt Gelassenheit und Zufriedenheit in unser Leben, unabhängig von äußeren Umständen. Sie entsteht durch Achtsamkeit und bewusstes Handeln. Durch das Ausdrücken von Dankbarkeit gegenüber anderen und durch Selbstreflexion können wir unsere innere Wertschätzung stärken und tiefer in unseren Herzen verankern.

Jetzt, da ich dies reflektiere, verstehe ich die Bedeutung der tief empfundenen Dankbarkeit. Sie wird zu einer Quelle der Inspiration und der Kraft, die mir hilft, Herausforderungen mit mehr Empathie und Gelassenheit zu begegnen. Sie lässt mich schwierige Situationen mit einer ruhigen, verständnisvollen Haltung betrachten und gibt mir ein tiefes Gefühl des Friedens sowie der Verbundenheit mit allem, was ist.

Ich lenke nun meine gesamte Aufmerksamkeit auf die verschlossene Tür und male mir lebhaft aus, wie sie sich langsam öffnet. Während ich dies visualisiere, verweile ich weiterhin in dem tiefen Gefühl der inneren Dankbarkeit, als ob ich bereits die Offenheit der Tür spüre.

Plötzlich höre ich ein Geräusch – eine Tür hat sich geöffnet. Ich habe es tatsächlich geschafft. Allein durch die Kraft meiner Gedanken und meiner lebendigen Vorstellungskraft habe ich die Tür geöffnet. Es ist ein Moment des Staunens und der Freude, der mir zeigt, welche ungeahnten Fähigkeiten in uns schlummern, wenn wir uns darauf einlassen. Meine innere Stärke und mein Glaube an die Kraft der Gedanken haben sich als wahrhaft mächtig erwiesen. Es ist von großer Bedeutung, sich für die Momente zu bedanken, die wir uns wünschen, als wären sie bereits Realität. Wir öffnen dadurch die Tür zu einem Raum der Fülle und des Glücks, noch bevor wir ihn betreten haben. Das Dankbarkeitsgefühl, das wir für unsere zukünftigen Wünsche hegen, sendet eine kraftvolle Botschaft an das Universum, dass wir bereit sind, diese zu empfangen. Es ist ein Akt der Selbstakzeptanz und des Vertrauens, der uns dabei unterstützt, die positiven Energien um uns herum zu verstärken und uns auf die Erfüllung unserer Träume auszurichten.

Langsam erhebe ich mich aus meiner meditativen Haltung und mich umgibt eine angenehme Ruhe. Während ich mich auf den Weg zum Eingang der Festung begebe, neigt sich die Sonne langsam dem Horizont zu und taucht die Umgebung in warme Goldtöne, die sich über die Mauern legen.

Die Aufregung steigt in mir, als ich mich dem Unbekannten nähere, und gleichzeitig erfüllt mich dies mit einer tiefen Dankbarkeit für die Möglichkeit, diesen Weg gehen zu dürfen.

Als ich die Schwelle der Tür erreiche, breitet sich ein zauberhaftes Bild vor mir aus, das mir kurz den Atem raubt. Tausende von Kerzen sind überall im Raum aufgestellt und tauchen ihn in ein goldenes, beruhigendes Licht. Ihre Flammen flackern im

Luftzug und werfen interessante Schattenspiele an die Wände. Jeder Schritt, den ich in diesen Raum setze, ist begleitet von einem Gefühl tiefster Verbundenheit. Als würde dieser Ort selbst mich erkennen und willkommen heißen.

Während mein Blick umherschweift und ich jedes Detail bewundere, entdecke ich einen schmalen Gang, dessen Wände im flackernden Licht der Fackeln erstrahlen. Ihre Flammen malen lebendige Muster auf die dunklen Mauern. Angetrieben von der Faszination durchquere ich den Gang und mit jedem Schritt wächst meine Neugier, was mich wohl am Ende erwarten mag.

Schließlich erreiche ich einen weiteren Raum, der ebenso atemberaubend ist wie der vorherige. Tausende von Kerzen erleuchten den Raum mit ihrem magischen Licht. Am anderen Ende des Raumes fällt mein Blick auf eine Schale, die auf einem Altar thront. Ihre Farbe erinnert an die zarten Blütenblätter pfirsichfarbener Rosen, und beim Nähertreten sehe ich eine Rose darin liegen, deren Tönung exakt mit der Schale übereinstimmt.

Vorsichtig nehme ich die Blume heraus und entdecke dann am Boden die gleiche Inschrift wie die auf der Schale in der Höhle. Mit einem erleichterten Gefühl, lege ich die Rose vorsichtig in die Schachtel, in der ich einst die andere Blume aufbewahrt habe. Jetzt fehlen mir nur noch zwei Gegenstände, um das große Tor in der Unterwelt zu öffnen. Doch was erwartet mich dahinter? Ich weiß es ehrlich gesagt nicht.

Obwohl die Schönheit dieses Ortes mich in ihren Bann zieht, erfüllt mich die Sehnsucht, meine Erinnerungen wiederzuerlangen. Ein Seufzen entweicht mir, während ich mir vorstelle, wie schön es wäre zurückzukehren und die verlorenen Teile meiner Vergangenheit zu finden. Doch im selben Moment wird mir bewusst, dass ich wohl erst hier in dieser geheimnisvollen Welt den Rätseln auf den Grund gehen muss, bevor ich meine Heimkehr antreten kann.

Langsam beginne ich zu begreifen, warum das Schicksal mich an diesen ungewöhnlichen Ort geführt hat. Möglicherweise bin ich in einer Zwischenwelt gestrandet. Vielleicht befinde ich mich im Sterben, und diese seltsame Welt ist eine Art letzte Prüfung. Gewissheit werde ich wohl erst erlangen, wenn ich den Pfad dieser Reise weiterverfolge und die Geheimnisse, die sie birgt, enthülle.

Mit einem Schaudern im Nacken mache ich mich auf den Weg zum Ausgang dieser Festung. Meine Schritte hallen gedämpft von den alten Steinmauern wider, während ich dem Tor entgegengehe, das auf der Seite liegt, welches zum Hof führt. Die Hoffnung auf ein neues Kapitel in meinem Abenteuer treibt mich vorwärts.

Als ich schließlich ankomme, umfängt mich ein Anflug von Nostalgie. Erinnerungen an meine vorherige Begegnung mit diesem verschlossenen Tor kommen hoch. Doch ich bin mir sicher, dass sich mir eine Möglichkeit zeigen wird, es zu öffnen.

Nach genauerem Untersuchen der Umgebung entdecke ich eine simple, aber dennoch elegante Vorrichtung, wie sie nur in vergangenen Zeiten geschaffen wurde. Ein Mechanismus, der das Tor zu öffnen verspricht. Mit nervösen Fingern und einem aufgeregten Herzen wage ich es, diesen Apparat zu betätigen. Ein leises Knarren erklingt, als sich das Tor langsam zu bewegen beginnt, und eine Mischung aus Erleichterung und Vorfreude erfüllt mich, als ich sehe, wie sich der Spalt immer weiter öffnet. Es ist ein Moment der triumphalen Erkenntnis, dass hinter jeder Herausforderung eine Lösung wartet. Wir müssen nur den Mut haben, nach ihr zu suchen.

Voller Entschlossenheit trete ich durch das geöffnete Tor. Während ich den Pfad entlanggehe, formen sich die Schatten, und die Natur taucht in die Farben des Abends ein.

In diesem Moment fällt eine Last von meinen Schultern, als hätte mein Geist endlich Ruhe gefunden. Mein ewiger Gedankenkreisel hat dazu geführt, die Welt durch einen Schleier zu betrachten, der jetzt abgelegt ist. Schon seit dem ersten Moment, als ich diese Welt betreten habe, hat sie mich überwältigt. Jetzt, da ich sie mit klarem Bewusstsein betrachte, sehe ich die Welt nicht nur mit meinen Augen, sondern mit meinem ganzen Sein.

Plötzlich kommt mir Alma in den Sinn. Ich frage mich, welche Wege sie wohl gerade durchwandert. Die Nacht, die wir kürzlich im Wald verbrachten, ist noch so lebhaft in meinem Kopf. Der Glanz des Mondes, der durch das Blätterdach scheint, die seichte Berührung des Windes auf meiner Haut und das leise Rascheln der Blätter unter unseren Füßen – all das fühlt sich an, als würde es gerade jetzt geschehen. Ich erinnere mich an die verschlossene Tür, die wir studiert haben, und sofort wird mir klar, dass diese sich bestimmt genauso öffnen lässt wie jene in der Festung, aus der ich gerade erst gekommen bin.

Die Vorstellung allein entfacht ein Feuer der

Neugier in meinem Inneren. Als würde das Universum mir mit einem verschmitzten Lächeln einen Hinweis geben – eine stumme Aufforderung, meine Reise fortzusetzen. Ich spüre, wie mein Herz schneller schlägt, angetrieben von der Hoffnung auf neue Erkenntnisse und Abenteuer. Und dann ist da Alma, meine treue Gefährtin, deren leuchtende Augen vor Begeisterung strahlen werden, wenn ich ihr von meinen Entdeckungen berichte.

Als ich den Hof erreiche, breitet sich vor mir ein lebhaftes Bild aus. Überall herrscht geschäftiges Treiben. Matilda bückt sich behände, um Beeren zu sammeln, ihre Finger geschickt zwischen den Blättern vergraben, während sie die süßen Früchte in ihren Korb legt. Theodor kümmert sich fürsorglich um die Tiere, während Engus und Vincent voller Eifer an einer der Holzhütten arbeiten und in ihre Aufgaben vertieft sind.

Doch jemand Entscheidendes fehlt: Alma. Unruhe breitet sich in mir aus, als ich feststelle, dass sie hier nirgends zu sehen ist. Wo mag sie nur sein? Hat sie sich vielleicht in Schwierigkeiten gebracht oder verweilt sie einfach an einem anderen Ort?

Seit jener Nacht, als sie sich an meine Seite gelegt hat, habe ich sie nicht mehr gesehen. Hätte ich vielleicht früher nach ihr schauen sollen? Habe ich versäumt, auf sie zu achten? Die Erinnerung an ihre Nähe, an das Gefühl ihrer Wärme neben mir, verstärkt meine Sorge und lässt mich kurzzeitig an mir zweifeln. Ein Moment der Unsicherheit ergreift mich, und die Last eines unerklärlichen Schuldgefühls ruht auf meinen Schultern. Doch dann, wie ein Lichtstrahl in der Dunkelheit, erkenne ich, dass Schuld und Selbstvorwürfe mir nichts bringen werden. Alles ist gut, so wie es ist. Ich habe nichts falsch gemacht.

Mit dieser Gewissheit, Alma zu finden, schreite ich mutig voran. Ich lasse meine Sorgen hinter mir und vertraue darauf, dass alles seinen Weg finden wird.

Matilda bemerkt meine Anwesenheit und ein herzergreifendes Lächeln breitet sich auf ihrem Gesicht aus, als sie ihre Arbeit für einen Moment unterbricht, um mir zu winken. Ihr Ausdruck strahlt wie die Sonne am Morgen und schenkt mir ein Gefühl von Heimat und Zugehörigkeit in dieser fremden Welt.

Während Matilda ihre Beeren weiter sammelt, winkt Theodor mir grüßend. Sein freundliches Nicken und das Aufblitzen seiner Augen zeigen mir, dass er meine Anwesenheit schätzt. Engus und Vincent, scheinen so vertieft in ihre Arbeit zu sein, dass sie meine Anwesenheit nicht bemerken. Ich bin so dankbar für die Freundlichkeit und das Verständnis, das mir von diesen Menschen entgegengebracht wird.

Je mehr Zeit ich in dieser geheimnisvollen Welt verbringe, wird mir immer bewusster, dass ich mich in einer Umgebung befinde, die jenseits meiner bisherigen Erfahrungen liegt. Die Menschen hier sind freundlich und hilfsbereit, aber dennoch spüre ich eine unüberwindbare Kluft zwischen uns, eine unsichtbare Barriere, die mich davon abhält, mich ihnen vollständig zu öffnen. Ich stehe vor einem Dilemma. Soll ich versuchen, mehr über diese Welt und ihre Bewohner zu erfahren, indem ich mit ihnen in Austausch trete, oder ist es besser, mich zurückzuhalten und die Dinge so zu akzeptieren, wie sie sind? Ein Teil von mir sehnt sich danach, die Geheimnisse dieser Welt zu ergründen, während ein anderer Teil mich warnt, dass ich mich in Gefahr begeben könnte.

Schließlich entscheide ich mich dafür, vorsichtig zu bleiben und meine Neugier vorerst zu zügeln. Die Ungewissheit über diese Welt nagt an mir, und doch weiß ich, dass es klüger ist, die Grenzen dieser Welt zu respektieren.

Entschlossen breche ich auf, um mich auf die Suche nach Alma zu begeben. Die Vorstellung, dass sie wieder einmal versucht, die verborgenen Mysterien des Waldes zu entschlüsseln, bereitet mir etwas Sorge. Die einbrechende Nacht verstärkt meine Eile, denn ich weiß, dass die Dunkelheit bald die Sicht nimmt.

Ohne zu zögern folge ich meinem Instinkt, der mich zur Festung im Waldesinneren führt, wo die verschlossene, verzierte Tür wie ein stummer Wächter über die Geheimnisse wacht. Jeder Schritt durch den dichten Wald fühlt sich an wie eine Reise in eine andere Welt.

Als ich schließlich an der Festung im Wald ankomme, suche ich vergeblich nach einem Zeichen von Alma. Enttäuscht stelle ich fest, dass sie nicht hier ist und gleichzeitig spüre ich eine eigenartige Gewissheit, dass ich sie hier nicht finden werde.

Trotzdem flüstert mir eine innere Stimme, dass ich die Geheimnisse der verschlossenen Tür erkunden sollte. Vielleicht ist es sogar vorherbestimmt, dass ich diesen Weg allein beschreite. Das Unbekannte vor mir zieht mich an, und ein Funken Mut erwacht in meinem Herzen, der mich dazu bewegt, die Herausforderung anzunehmen.

Ich betrete das Bauwerk und folge dem Gang,

der mich zu einer steinernen Treppe führt, die tief in das Innere des Bauwerks hinabführt. Schritt für Schritt gehe ich hinunter, bis ich schließlich vor der verschlossenen Tür stehe. Ein Staunen befällt mich, als ich die kunstvoll gestalteten Bilder auf ihr genauer betrachte. Sie erzählen eine Geschichte, die sich von meinen vorherigen Beobachtungen an dieser Tür unterscheidet. Ich kann förmlich das Glücksgefühl der Menschen spüren und ihre Freude scheint förmlich aus dem Holz herauszuspringen.

Für einen Moment tauche ich in die Magie dieser Kunstwerke ein. Durch sie erkenne ich die Bedeutung des Glücks und der Freude im Leben. Die Grenzen zwischen mir und den Menschen auf den Bildern verschwimmen, und ich spüre eine unsichtbare Verbindung, die uns alle miteinander vereint.

Als ich mir die Tür näher anschaue, bemerke ich einen zarten grünen Schimmer, der sie umhüllt. Ich kann förmlich die Energie spüren, die von ihr ausgeht. Steht dies möglicherweise im Zusammenhang mit dem Rätsel der grünen Schale in der Höhle? Welche Geheimnisse sind wohl hinter dieser Tür verborgen?

Wie von einem Magneten angezogen, gleiten meine Hände langsam zur Tür. Sie legen sich flach gegen das Holz, und es fühlt sich an, als würden meine Hände mit der Tür verschmelzen. Ich spüre, wie meine Beine zu kribbeln beginnen und sich fest im Boden zu verankern scheinen. Eine unbeschreibliche, tiefgreifende Energie fließt durch meinen ganzen Körper, als ob unsichtbare Fäden mich mit der Tür und allem um mich herum verweben. Meine Sinne werden lebendiger, und ich nehme die Welt um mich herum mit ganz neuen Augen wahr. Selbst die Luft, die ich einatme, fühlt sich anders an – rein und belebend. Es fühlt sich alles so leicht und mühelos an, als würde ich nicht mehr von der Schwerkraft gehalten, sondern von einer unendlichen Quelle der Kraft getragen werden.

Ein innerer Impuls fordert mich heraus, aktiv zu werden, um die Tür zu öffnen und ich richte meinen Fokus auf sie, genauso wie ich es bereits bei der anderen Tür getan habe.

In diesem Moment wird mir klar, dass das Glück, nach dem ich so lange gesucht habe, nicht außerhalb von mir, sondern tief in meinem eigenen Wesen verborgen liegt. Ich spüre, wie sich eine Welle der Dankbarkeit und Freude in mir ausbreitet, als ich begreife, dass ich bereits alles habe, was ich brauche, um glücklich zu sein. Es ist nicht das Streben nach äußeren Erfolgen oder Besitztümern, das mich erfüllt, sondern die Fähigkeit, die Schönheit des Lebens in jedem Augenblick zu erkennen.

Die Erkenntnis, dass Glückseligkeit in mir selbst liegt, ist überwältigend und befreiend zugleich. Ich fühle eine tiefe Ruhe und Gelassenheit, da ich begreife, dass ich nicht von äußeren Umständen abhängig bin, um glücklich zu sein. Stattdessen liegt die Macht, Glück zu erfahren, in meiner eigenen Hand, und ich kann dieses Gefühl jederzeit aktivieren, indem ich mich auf die Dinge konzentriere, die mich wirklich erfüllen. Dieses Bewusstsein öffnet einen Pfad zu einem neuen Verständnis des Lebens und seiner unendlichen Möglichkeiten. Ich fühle mich inspiriert und ermutigt, den Moment zu genießen und das Glück in den kleinen Dingen des Lebens zu finden. Es ist ein Moment der tieferen Verbundenheit mit mir selbst und der Welt um mich herum, der mich mit Freude erfüllt.

Ich nehme ein angenehmes Kribbeln an meinen Hände wahr, als ob sie von etwas Unsichtbaren umhüllt werden. Ein deutlich zu vernehmendes Knarren der Tür durchdringt die Stille, als sie sich langsam öffnet. Auf meinem Gesicht breitet sich ein Lächeln aus, und ein Gefühl des Triumphs erfüllt mich. Die Tür, die mir den Weg versperrte, ist nun offen, und ich kann meine Reise fortsetzen.

In einem Augenblick der Klarheit erkenne ich,

was die geheimnisvolle Frau gemeint haben könnte, als sie sagte, dass ich alle Antworten in mir finde. Als ob ein Licht in meinem Inneren angezündet wird und plötzlich alles Sinn ergibt. Die Welt um mich herum scheint nicht länger getrennt von mir zu sein, sondern vielmehr eine Erweiterung meines eigenen Wesens. Ich befinde mich im Kern meines Geistes, umgeben von den unendlichen Möglichkeiten des Bewusstseins. Die Grenzen zwischen Innen und Außen verschmelzen, und ich erkenne, dass ich nicht nur ein Beobachter dieser Welt bin, sondern auch ein Schöpfer. Jeder Gedanke, jedes Gefühl und jede Handlung tragen dazu bei, diese Realität zu formen, und ich werde mir der Verantwortung, die damit einhergeht, bewusst.

Ein tiefes Bedürfnis, die geheimnisvolle Frau erneut aufzusuchen, ergreift mich, als ob eine unsichtbare Hand mich führt, die Rätsel zu ergründen, die sie hütet. Ich bin davon überzeugt, dass sie weitere Antworten bereithält, die mein Verständnis erweitern. Gleichzeitig verspüre ich den Wunsch, Anton nochmals aufzusuchen, jenen geheimnisvollen Fremden, der mir die Blume überreicht hat. In seinen Augen lag eine Botschaft, die ich noch nicht entschlüsseln konnte. Vielleicht steckt hinter dieser Blume mehr, als es auf den ersten Blick scheint.

Jede Begegnung ist wie ein Puzzle, dessen einzelne Teile darauf warten, zusammengesetzt zu werden, um das Gesamtbild zu enthüllen.

Als die Tür weit geöffnet ist, richte ich meine Aufmerksamkeit auf den langen Gang, der sich vor mir erstreckt. Das flackernde Licht der Fackel wirft schattenhafte Muster auf den Boden und verleiht dem Gang eine geheimnisvolle Atmosphäre. Je tiefer ich ins Gewölbe vordringe, desto mehr wächst eine Mischung aus Aufregung und Anspannung in mir. Was mag mich dort wohl erwarten?

Die Flammen der Fackeln beobachten mich wie stumme Wächter, doch ich lasse mich nicht von ihrer Präsenz einschüchtern. Meine Entschlossenheit, den Raum zu erreichen und herauszufinden, was sich dort verbirgt, wächst mit jedem Schritt.

Voller Vorfreude erreiche ich das Ende des Ganges, und überschreite die Schwelle zum Raum. Erneut werde ich ins Staunen versetzt. Ein Anblick von altertümlicher Pracht und Mystik umgibt mich, als ich die rustikale Einrichtung betrachte. Überall brennen Feuerschalen, deren Flammen ein warmes, goldenes Licht im Raum verbreiten. Der Duft von brennendem Holz und harzigem Rauch erfüllt die Luft und verleiht dem Ort eine beruhigende Atmosphäre. In seiner Mitte erhebt sich ein Brunnen, der meine Aufmerksamkeit auf sich zieht. Aus einer riesigen Schale in seinem Kern steigt eine prächtige Flamme empor, die in den verschiedensten Farben schillert. Sie wirkt beinahe lebendig und hypnotisierend, als ob sie eine geheime Botschaft in ihrer Bewegung verbergen würde. Ihr Tanz ist eine Sinfonie aus Licht und Schatten, die mich vergessen lässt, wo ich bin und was um mich herum geschieht.

Ich verweile einen Augenblick lang, eingehüllt von der Magie dieses Ortes, und lasse den Zauber der Flammen auf mich wirken. Es ist ein Moment der Ruhe und des Friedens, in dem ich mich eins fühle mit der Welt um mich herum und mich daran erinnere, wie kostbar und wundervoll jeder Augenblick im Leben sein kann.

Leider kann ich keinen weiteren Gang oder Hinweis entdecken, und es scheint, als ob dieser Raum das Ende meiner Reise markiert.

Doch ich glaube, dass dieser Ort mehr verbirgt, als es auf den ersten Blick den Anschein hat. Ich sollte ihn genauer untersuchen, denn es könnten sich hier weitere Geheimnisse offenbaren.

Ich verlasse diesen Ort nicht mit leeren Händen. So tauche ich immer tiefer in die verborgenen Mysterien dieses Bauwerks ein, und lasse keine Details aus.

Mein Blick fällt auf eine seltsame Wand, an der anders als bei den übrigen keine Fackel hängt. Ihre Steine scheinen nicht fest mit dem Rest des Gemäuers verbunden zu sein. Vielleicht verbirgt sich hier ein geheimer Durchgang? Ich durchsuche die Umgebung gründlich und entdecke einen Stein, der leicht aus der Wand herausragt. Vorsichtig berühre ich ihn, und er gibt nach, als ich ihn mit leichtem Druck in die Wand schiebe. Ein leises Knarren durchbricht die Stille, und ich erkenne, wie sich die Wand vor mir langsam zur Seite schiebt. Mein Herz schlägt schneller vor Aufregung, als sich dahinter eine geheimnisvolle Treppe zeigt. Die Wände sind von Fackeln beleuchtet, deren Licht die Konturen der steinigen Treppenstufen erhellen. Je weiter ich hinabsteige, desto intensiver wird das Gefühl der Ungewissheit, aber auch der Neugier.

Als ich die letzte Stufe der Treppe erreiche, eröffnet sich vor mir ein atemberaubender Anblick. Ich stehe in einer riesigen Halle, deren Wände von einem Meer aus Flammen erhellt werden. Über mir schweben grüne magische Partikel, die das gesamte Ambiente mit einem schimmernden Glanz erfüllen.

Als ob der Raum selbst atmet, pulsierend mit einer Energie, die ich förmlich spüren kann. Ein schmaler Gang an der Seite der Halle führt zu einem erhöhten Bereich, der von einem grünen Schein erhellt wird. Als ich nähertrete, entdecke ich eine Schale, deren Farbton mich augenblicklich an die geheimnisvolle Schale in der Höhle erinnert. In dieser befindet sich eine Chrysantheme, und als ich sie in meine Hände nehme, spüre ich sofort die Energie des Glücks und der Freude, die sie symbolisiert. Die Kraft der Blume strömt direkt in mein Herz, und ich empfinde direkt eine tiefe Erfüllung in mir. Ein Lächeln breitet sich auf meinem Gesicht aus, als ich realisiere, dass mir nur noch ein Gegenstand fehlt, um endlich die Geheimnisse hinter dem großen Tor in der Unterwelt lüften zu können.

Es ist bereits tief in der Nacht, und die Müdigkeit breitet sich wie ein schwerer Mantel über mich aus. Ich lege die Chrysantheme zu der pfirsichfarbenen Rose in meine Tasche und verlasse das Gemäuer, vorbei an den flackernden Flammen der Schalen und Fackeln, direkt zum Ausgang. Im dichten Wald herrscht Dunkelheit, nur durchbrochen vom silbernen Schein des Mondlichts, das zwischen den Ästen der Tannen hindurchschimmert.

Entschlossen, meine Reise am nächsten Tag fortzusetzen, mache ich mich auf den Weg zum Hof,
um etwas Ruhe und Schlaf zu finden. Der Himmel
über mir ist ein atemberaubendes Gemälde aus funkelnden Sternen, die sich wie Perlen über das endlose Dunkel des Firmaments erstrecken. Ich halte
einen Moment inne, während die Welt um mich
herum stillzustehen scheint. Die unendliche Weite
des Himmels über mir erinnert mich an die unzähligen Möglichkeiten und Abenteuer, die noch vor mir
liegen. Es ist ein Augenblick der Reinheit und des
Friedens, in dem ich einfach nur existiere und die
Schönheit der Nacht in mich aufnehme.

Während ich die unzähligen Sterne betrachte,
wird mir klar, dass jeder einzelne Gedanke und jede
Emotion eine Rolle im größeren Gefüge des Universums spielen. Ich spüre die Transformation, den
bewussten Akt des Loslassens der negativen und
des Annehmens der positiven Gedanken. Ich erkenne ihre Bedeutung, und wie sie meine Realität
beeinflussen können.

Schließlich erreiche ich den Hof und steuere geradewegs auf die Hütte zu, die mir in den vorangegan-
genen Nächten als Zuflucht gedient hat. Ich öffne
leise ihre Tür, um niemanden zu wecken. Ein ver-

trautes Gefühl empfängt mich, als ich die Schwelle überschreite und die Umrisse des Zimmers vor mir erkenne. Mein Blick wandert über die Details, die im Schein des Mondlichts erkennbar werden. Dankbar für das gemütliche Bett, das mich wie ein sicherer Hafen umschließt, lasse ich mich darauf nieder. Die weichen Kissen und die wohlige Wärme lassen mich innerhalb von Sekunden in einen tiefen, erholsamen Schlaf gleiten.

Kapitel 8

Erkenntnisse

Mein Blick fällt auf die Umgebung um mich herum, und ich finde mich am Steuer eines Autos wieder. Ich höre das Summen des Motors und halte verkrampft das Lenkrad in meinen Händen fest. Auf dem Beifahrersitz neben mir sehe ich Alma, ihr Gesichtsausdruck spricht Bände von Unruhe und Sorge. Die Straße zieht an uns vorbei, aber etwas stimmt nicht. Als mein Blick den Rückspiegel streift, fällt er auf ein Bild von unglaublicher Anmut – eine ältere Frau mit einem strahlenden Lächeln, das voller Liebe ist und von großer Lebenserfahrung zeugt. Die Tiefe ihrer Augen zieht mich förmlich in ihren Bann, und auf einmal bricht eine Flut von Erinnerungen über mich herein. Jede einzelne davon erscheint wie ein kleiner Funke in der Dunkelheit meines Geistes.

Ich sehe mich als Kind, wie ich mit dieser Frau spiele, wie wir durch Felder tollen und im Sonnenlicht tanzen. Jeder Augenblick ist von einer schier unerschöpflichen Liebe durchdrungen, die unsere

Verbindung auf eine Ebene hebt, die jenseits von Worten existiert. Die Erinnerungen sind wie lebhafte Gemälde, die in meinen Gedanken hängen und die Essenz meiner Kindheit und meiner Beziehung zu dieser außergewöhnlichen Frau einfangen.

In diesem Moment der Erkenntnis, dass sie meine Mutter ist, fühle ich eine innige Geborgenheit, die durch meinen ganzen Körper fließt. Ein lang verloren geglaubtes Puzzleteil fügt sich an seinen Platz, und ein Gefühl der Vollständigkeit entsteht in mir. Diese Frau ist nicht nur meine Mutter, sondern auch meine wahre Wurzel – die Quelle von Liebe und Vertrauen.

Die Dunkelheit der Nacht hüllt die Umgebung in undurchdringliches Schwarz, während der Regen in dichten Schleiern auf die Straße prasselt. Die Scheinwerfer des Autos schneiden durch die Finsternis, doch ihre Strahlen werden von den herabfallenden Tropfen verschluckt. Plötzlich, wie ein donnernder Blitz in einer mondlosen Nacht, durchbricht Almas Stimme die Stille.

»Schau auf die Straße!«, ruft sie panisch.

»Entschuldige, ich war in Gedanken versunken«, erwidere ich, während ich mich bemühe, meine Konzentration zurückzugewinnen.

Doch bevor ich reagieren kann, trifft mich ein

greller Lichtblitz, gefolgt von einem schrillen Hupen. Ein ohrenbetäubender Knall erschüttert mich, und meine Augen öffnen sich abrupt.

Ich finde mich kerzengerade im Bett wieder, Schweiß auf meiner Stirn, während das letzte Echo der Traumwelt noch in meinem Kopf widerhallt. In diesem Moment spüre ich eine beruhigende Hand auf meiner Schulter und höre Almas sanfte Stimme:

»Beruhige dich, alles ist gut. Du hast geträumt. Jetzt bist du sicher bei mir.«

Die Gegenwart von Alma umhüllt mich mit einem wohltuenden Gefühl. Ihr liebevolles Lächeln wirkt wie ein ruhender Pol, der sich inmitten des Sturms der verwirrenden Träume ausbreitet, die noch immer in meinem Kopf toben. Doch trotz der Unruhe, die sie verursachen, erfüllt es mich mit Dankbarkeit für das, was sie mir gebracht haben. Einige Teile meiner Erinnerungen sind zurück, und ich beginne die Bruchstücke meiner Vergangenheit wieder zusammenzusetzen. Meine Träume sind keine bloßen Fantasien, sondern lebendige Rückblicke an Ereignisse, die längst vergangen scheinen. In jedem Gesicht, das mir hier begegnet, erkenne ich vertraute Züge, doch die Namen entgleiten mir noch immer wie flüchtige Schatten. Trotzdem spüre ich eine Verbindung zu ihnen, die tiefer reicht als das Vergessen.

Inmitten dieser wirren Gedanken und flüchtigen Erinnerungsfetzen erhebt sich Alma wie ein strahlender Leuchtturm in meinem Geist. Die Verbindung zu ihr ist so intensiv, dass sie fast greifbar wird, und doch kann ich sie nicht einordnen. Vielleicht ist sie meine Frau, die mich in guten wie in schlechten Zeiten begleitet, oder meine Schwester, mit der ich eine tiefe, unerschütterliche Bindung teile. Doch während ich mich nach Antworten sehne, zeigen sich immer wieder die Bilder meiner Mutter aus dem Traum. Ihr liebevolles Lächeln ist wie ein Echo aus einer vergangenen Zeit. In dieser Welt habe ich sie noch nirgends gesehen. Warum kann ich mich so deutlich an sie erinnern, während die Gesichter der anderen mir noch fremd sind?

Die Erkenntnis trifft mich wie ein Schock, als die Erinnerungen an den Autounfall in meinen Gedanken auftauchen. Der Zusammenstoß, das schrille Hupen, der dumpfe Aufprall – all das fühlt sich so real an, als wäre es gestern erst geschehen.

Was ist, wenn alles, was ich hier in dieser Welt erlebe, nur ein Traum ist? Vielleicht liege ich irgendwo in einem Krankenhausbett, umgeben von den piependen Monitoren und dem dumpfen Murmeln der Ärzte, während mein Geist in dieser Welt gefangen ist.

Die Vorstellung, dass ich in einem Koma liegen könnte, ergreift mich wie eine eiskalte Hand. Vielleicht bin ich hier in einer Welt gestrandet, die sich zwischen den Grenzen von Himmel und Erde erstreckt, eine Zwischenwelt, in der die Schatten der Vergangenheit lauern und die Grenzen zwischen Realität und Traum verschwimmen. Ich frage mich, ob dieses Reich der Träume einen tieferen Sinn verbirgt. Jeder Gedanke scheint ein Rätsel zu sein, jede Erinnerung ein Puzzleteil, das darauf wartet, in das große Gefüge meines Lebens eingesetzt zu werden.

Während ich mich in diesen Überlegungen verliere, spüre ich plötzlich wieder Almas Hand auf meiner Schulter.

»Komm«, flüstert sie mit einer Stimme voller Zuversicht und Freude. »Heute wird ein großartiger Tag.«

Ihre Worte unterbrechen die Schwere meiner Gedanken und bringen ein Lächeln auf mein Gesicht.

»Ich muss dir etwas zeigen«, sagt sie mit einem rätselhaften Schmunzeln, das meine Neugier weckt.

»Was hast du entdeckt?«, frage ich.

Alma lächelt weiterhin geheimnisvoll und zieht mich vom Bett hoch.

»Das musst du selbst sehen«, sagt sie mit einem

Funkeln in ihren Augen, das mein Interesse noch mehr entfacht.

Daraufhin nimmt sie meine Hand und zieht mich in ihrer Aufregung nach draußen. Der Hof liegt still da, nur das Grunzen der Schweine durchbricht die Stille. Wir verlassen das Areal und die klare Morgenluft umgibt uns, während Alma mich Richtung Wald führt. Wir bewegen uns auf das dichte Grün zu, während die Spannung in der Luft immer greifbarer wird.

Nachdem wir eine Weile den Wald durchquert haben, erreichen wir eine Abzweigung – eine versteckte Biegung im Dickicht, die ich zuvor nicht bemerkt hatte. Alma, voller Entschlossenheit, deutet energisch auf den neuen Pfad.

»Hier entlang«, verkündet sie mit einem strahlenden Lächeln. »Wir sind fast da, dort drüben ist es.«

Ihre Worte sind erfüllt von Vorfreude, als sie sich von meiner Hand löst und fröhlich ein Stück vorausrennt. Schließlich erreichen wir eine Lichtung, die sich vor uns ausbreitet wie ein Anblick aus einem Märchenland. Ein Meer aus Lilien und Veilchen schmückt den Boden, umgeben von den leicht schwingenden grünen Gräsern des Waldes. Überall tanzen rosa leuchtende Partikel in der Luft, wie feenhafte Wesen, die durch den Zauber des Ortes erwacht sind. In der Mitte der Lichtung ragt eine Säule empor, gekrönt von einer Schale in einem zarten Rosa. Die Verbindung zu der Schale vor dem Tor in der Höhle ist sofort erkennbar. Ein rosa leuchtendes Feld umgibt sie, als ob sie von einer unsichtbaren Kraft geschützt wird.

»Schau, ist das nicht wunderschön hier?«, fragt mich Alma mit funkelnden Augen.

Ich kann nur kommentarlos nicken, überwältigt von der Anmut dieses verzauberten Ortes. Als ich mich langsam der Schale nähere, spüre ich plötzlich Almas festen Griff an meinem Arm. Ihre Worte erreichen mich gedämpft, als ob sie die Magie des Ortes nicht stören wollte.

»Warte! Siehst du das?« Ihre Stimme klingt ernst, und mein Blick folgt ihrem ausgestreckten Zeigefinger. Vor uns scheint eine Barriere zu sein, wie eine unsichtbare Mauer zwischen uns und dieser Schale. Enttäuschung liegt in ihrer Stimme, als sie fortsetzt:

»Schon öfter habe ich versucht, zur Schale zu gelangen, jedoch scheint eine durchsichtige Wand den Weg zu blockieren.«

Hier ist wieder meine geistige Stärke gefragt.

»Ich habe eine Idee, wie wir die Schale erreichen können«, verkünde ich.

Almas Augen weiten sich, ihr Gesicht strahlt vor

Freude, und sie reagiert mit einem aufgeregten: »Echt?«

Ich nehme ihre Hand, und gemeinsam suchen wir uns einen Platz im weichen Gras der Lichtung. Als ich mich langsam niederlasse, folgt Alma meiner Bewegung. Wir sitzen im Gras, umgeben von der friedlichen Atmosphäre der Natur.

»Schließe deine Augen und lass die Welt um dich herum verblassen. Spüre den Fluss der Energie zwischen uns, die uns miteinander verbindet«, erkläre ich und spüre, wie sich ein Gefühl der Ruhe in mir ausbreitet, während wir unsere Augen schließen.

Die Dunkelheit hinter den geschlossenen Lidern hüllt die Umgebung in ein Meer der Stille, während ein kaum wahrnehmbarer Strom zwischen uns pulsiert – eine Brücke zwischen unseren Seelen. Als ich tief in mich hineinspüre, bemerke ich eine Sehnsucht, mich zu umarmen, ohne die Last der Selbstkritik. Auf dieser Reise der Erkenntnis begegne ich meinen inneren Schatten und meinen strahlenden Facetten gleichermaßen. Die Welt um mich herum erscheint in einem neuen Glanz, und ich spüre eine tiefe Verbundenheit mit allem Leben, als ob ich Teil eines großen kosmischen Gefüges bin.

Ich erkenne die göttliche Essenz in allem und in mir selbst. Die Grenzen zwischen mir und der Welt vermischen sich, und ich werde von einer unsichtbaren Kraft getragen, die mich durch Raum und Zeit führt. In den unendlichen Tiefen meines Seins tauche ich wie ein Meeresforscher in den endlosen Weiten des Ozeans und finde dort eine unerschöpfliche Quelle der Liebe, die wie ein heilender Strom durch meinen Körper fließt. Jeder Augenblick offenbart sich als kostbares Geschenk, eine Einladung, das Leben in seiner ganzen Pracht zu umarmen und die Schönheit des Augenblicks zu erkennen. In diesem wogenden Meer aus Liebe und Licht offenbart sich mir eine tiefe Einsicht. Das größte Geschenk, das ich mir selbst und der Welt geben kann, ist die bedingungslose Annahme meiner selbst. Selbstliebe erstrahlt als der heilige Schlüssel zu einem erfüllten und glückseligen Dasein. In diesem Zustand heile ich nicht nur meine eigenen Wunden, sondern zelebriere auch meine Einzigartigkeit und erwecke meine Träume mit Leidenschaft zum Leben. Es ist die Essenz meines Seins, die mich dazu ermächtigt, in jeder Situation das Beste aus mir herauszuholen und die Welt mit einem offenen Herzen und einem klaren Geist zu betrachten.

Diese Liebe zu mir selbst ist nicht nur eine Quelle der Stärke, sondern auch der Transformation. Sie erinnert mich daran, dass echte Veränderung nur möglich ist, wenn sie von einer grundlegenden Akzeptanz meiner Unvollkommenheiten und meiner Schattenseiten ausgeht. Dies erlaubt mir, meine Schwächen und Fehler anzunehmen, die die Pforten zur tiefen Heilung öffnen. Durch Selbstliebe kann ich meine innersten Wunden heilen und mich auf eine Reise der Entfaltung begeben, die es mir ermöglicht, mein volles Potenzial zu entfalten. Diese Reise ist mehr als nur eine persönliche Entwicklung. Es ist ein Weg der Erkenntnis, auf dem ich die Weisheit meines wahren Selbst entdecke – die tiefe Einsicht, dass ich keine äußeren Ereignisse benötige, um mich selbst zu lieben. Ich trage die vollständige Essenz der Liebe bereits in mir. Selbstliebe ist wie ein strahlendes Licht, das nicht nur mein eigenes Leben erhellt, sondern auch die Herzen anderer in meinem Umfeld erwärmt. Indem ich mich selbst bedingungslos annehme und liebe, strahle ich dies aus, und die Menschen um mich herum werden förmlich davon angezogen. Meine Selbstliebe ermöglicht es mir, anderen Menschen gegenüber einfühlsamer und verständnisvoller zu sein, da ich aus einem Ort der Fülle heraus handle, anstatt aus Mangel oder Bedürftigkeit.

Wenn ich meine eigenen inneren Kämpfe und Herausforderungen überwinde, ermutige ich indirekt auch andere dazu, ihre eigenen Hindernisse zu bewältigen. Es inspiriert sie dazu, sich ebenfalls auf ihre eigene Reise der Selbstakzeptanz und des Wachstums zu begeben. Ich kann einen Raum ohne Urteile für ihre Gefühle schaffen und sie ermutigen, sich selbst zu lieben und anzunehmen, so wie sie sind. Auf diese Weise wird meine Selbstliebe zu einem kraftvollen Werkzeug der Heilung und des Schöpfens, das nicht nur mein eigenes Leben, sondern auch das Leben um mich herum bereichert.

Mit dieser erhellenden Erkenntnis öffne ich langsam meine Augen und lasse die Wirklichkeit auf mich wirken. Mein Blick fällt auf Alma, und ich spüre, wie die Energie durch mich hindurchströmt und sich in ihren Händen manifestiert. Als ich in ihre Augen schaue, sehe ich ein Tor zu einer anderen Dimension und ich tauche in ein Universum der unbegrenzten Möglichkeiten. Ich erkenne die unendliche Tiefe und Weisheit darin, und spüre die Präsenz von etwas Göttlichem, das zwischen uns schwebt. Ein liebevolles Lächeln gleitet über meine Lippen, und Alma erwidert dies mit einem Schmunzeln.

Mit ihr an meiner Seite schreite ich auf die Schale zu, und wie durch ein Wunder ist die zuvor noch undurchdringliche Barriere verschwunden. Vor uns liegt eine rosa farbende Rose in der Schale, deren Schönheit und Zartheit mich mit tiefer Bewunderung erfüllen. Ihre Inschrift gleicht jener der Schale in der geheimnisvollen Höhle, und ich erkenne eine tiefe Verbindung zu den vergangenen Ereignissen. Mit behutsamen Fingern nehme ich die Rose in meine Hand und bemerke den Duft, der von ihr ausgeht. Sie ist wie ein Symbol der Hoffnung und des Fortschritts, ein Zeichen dafür, dass wir alle Hindernisse überwinden können, die uns auf unserem Weg begegnen.

Sorgfältig lege ich die Rose zu den beiden anderen Blumen in meine Tasche, wo sie sich anfühlt wie ein kostbares Juwel, das die Erinnerungen an unsere Reise bewahrt. Alma schaut mir dabei stillschweigend zu, und ihre Anwesenheit ist ein stilles Zeugnis für die Tiefe unserer Verbindung und die Wunder, die wir gemeinsam erleben. Ihre Augen strahlen noch immer von den Begebenheiten, und es scheint, als ob sie von den Gefühlen überwältigt ist. Nun habe ich alle Gegenstände beisammen und bin sehr gespannt, was mich in den Tiefen der Unterwelt erwartet. Womöglich ist dies das letzte Abenteuer, welches ich in dieser Welt erleben werde. Bevor ich mich jedoch auf den Weg mache, um die Geheimnisse zu ergründen, die dort lauern, sollte ich noch einmal mit den anderen zu sprechen.

Ich habe die Bedeutung der Rätsel erkannt, doch das Geheimnis der Blume, die Anton mir gegeben hat, bleibt ungelöst. Auf der Inschrift der Schale fand ich Zeichen, die von einer Kraft sprachen, die die Dunkelheit durchdringt und das Innere erleuchtet. Ihre wahre Bedeutung entzieht sich mir noch immer, als ob sie ein Geheimnis bergen, das ich noch nicht vollständig begreifen kann. Vielleicht kann Anton mir mehr darüber erzählen oder mir zumindest sagen, woher er diese außergewöhnliche Blume hat.

Alma wendet sich in diesem Moment zu mir, ihre Augen voller Erwartung.

»Begleitest du mich noch zum Hof?«, fragt sie.

Ein Lächeln huscht über meine Lippen und ich nicke zustimmend.

Schweigend gehen wir nebeneinander her, jeder in seine Gedanken vertieft, während wir die letzten Momente gemeinsam nachklingen lassen. Die Stille ist erfüllt von der Intensität dessen, was gerade geschehen ist, und bietet uns Raum, diese Emotionen zu verarbeiten.

Schließlich erreichen wir den Hof, und Alma verabschiedet sich mit einem liebevollen Kuss auf meine Wange.

»Danke für alles! Ich wünsche dir eine gute Reise«, flüstert sie.

Ich bin gerührt und zugleich überrascht von ihrer Weisheit. Als ob sie bereits wüsste, wohin mich das nächste Abenteuer führen wird. Während Alma zu ihrem Haus geht und hinter der Tür verschwindet, blicke ich noch ein letztes Mal zu ihr, bevor ich mich schließlich auf den Weg zu Anton mache. Mit jedem Schritt lasse ich meine Erlebnisse in dieser Welt Revue passieren, tauche ein in die Erkenntnisse, die sie mir geschenkt hat.

Es scheint, als wäre ich aus einem bestimmten Grund hier, als ob diese Welt dazu bestimmt wäre, mir zu helfen, mich selbst besser kennenzulernen und mein bewusstes Ich zu entdecken. Sie hat mir gezeigt, dass es jenseits des Alltäglichen unentdeckte Welten gibt, die darauf warten, erforscht zu werden. Inmitten dieses magischen Ortes wurde mir bewusst, dass die Antworten auf unsere Fragen oft bereits in uns schlummern. Wir sehnen uns nach Erlösung, und diese ist meist in den Tiefen unseres Inneren verborgen.

Dies lehrt uns, dass wir selbst die Schöpfer unseres Lebens sind und die Macht haben, unsere Realität zu formen und unser Schicksal zu lenken. Unsere Gedanken sind wie Samen, die wir in die Welt säen, und das, worauf wir unseren Fokus legen, nährt das Feld unseres Seins. Wenn wir Gedanken der Liebe, des Mitgefühls und des Vertrauens hegen, dann erschaffen wir eine Welt des Wohlstands und der Harmonie. Doch wenn wir uns von Gedanken der Angst, des Zweifels und der Negativität leiten lassen, dann erzeugen wir eine Realität, die von Leid und Unfrieden geprägt ist. Ich habe die Macht meine Gedanken zu lenken und somit mein Leben neu zu gestalten. Und ich kann selbst entscheiden, bewusster zu denken, bewusster zu fühlen und bewusster zu handeln.

Inzwischen habe ich das Haus von Anton erreicht, doch er scheint nicht zu Hause zu sein. Vielleicht ist er wieder unterwegs, auf der Suche nach seltenen Kräutern. Bevor ich jedoch in die Wälder eintauche, um ihn zu suchen, fällt mein Blick zum Haus von Renold von Silberberg. Inmitten der vielen Ereignisse und Abenteuer der vergangenen Tage ist das Rätsel seines Verschwindens beinahe in Vergessenheit geraten. Doch nun, von einer unerklärlichen Neugier getrieben, entscheide ich mich, dem Mysterium erneut auf den Grund zu gehen.

Als ich mich dem Haus nähere, höre ich eine leise Stimme in meinem Kopf:

»Renold.«

Sie ruft mir zu, als würde sie mich ansprechen. Doch warum nennt sie mich Renold? Ich ahne, dass ich im Haus etwas finden werde, das mich zu Renold führt oder gar offenbart, wer Renold ist. Bin ich etwa Renold? Könnte es sein, dass die Suche nach Renold in Wirklichkeit eine Suche nach mir selbst ist?

Ich betrete das Haus und werde wie magisch in die Galerie im Dachgeschoss gezogen. Wie beim letzten Mal fühlt es sich an, als würde ich in einem Raum der Erinnerungen des Künstlers schweben. Doch dieses Mal spüre ich noch mehr. Es sind nicht nur seine Erinnerungen, es sind meine eigenen. Jedes Gemälde ruft eine neue Erinnerung in mir wach und zeigt ein Stück meiner Vergangenheit. Besonders das Bild, auf dem Renolds Gesicht von einem Wassertropfen verdeckt wurde, zieht meine Aufmerksamkeit auf sich. Doch dieser ist verschwunden, und an seiner Stelle sehe ich mein Gesicht.

Das kann nur bedeuten, dass ich Renold von Silberberg bin. Plötzlich fällt mir alles wieder ein – Alma, meine geliebte Schwester, meine Großeltern Matilda und Engus, mein guter Freund Theodor und mein Vater Anton. Alles ist wieder da. An die anderen kann ich mich nur schwer erinnern. Ich weiß, dass ich sie irgendwo schon einmal gesehen habe, kann sie aber nicht einordnen. Eine Frage, die mir jetzt in den Sinn kommt: Warum sind all meine Liebsten in dieser Welt, nur meine Mutter nicht?

Die Erinnerung an den schrecklichen Autounfall drängt sich unaufhaltsam in meine Gedanken und hüllt mich in eine beklemmende Schwere. Was ist, wenn meine Mutter nicht hier ist, weil sie … Nein, ich möchte garnicht weiter darüber nachdenken.

Ich schließe die Augen und atme tief durch, versuche meine aufgewühlten Gefühle zu beruhigen. Doch die Gewissheit, dass meine Mutter nicht bei mir ist, macht sich immer stärker bemerkbar und lässt mich nicht zur Ruhe kommen. Als ob ein dunkler Schatten über meinen Gedanken liegt und meine Hoffnung auf ein glückliches Wiedersehen bedroht.

Entschlossen, meine Reise fortzusetzen, verlasse ich das Haus und lasse die Erkenntnisse, die ich dort gewonnen habe, noch einmal in Ruhe auf mich wirken. Nach einigen Schritten durch das Grüne erblicke ich Anton zwischen den Bäumen, wie er behutsam Kräuter sammelt. Als er mich bemerkt, leuchten seine Augen auf, und ein Lächeln breitet sich auf seinem Gesicht aus, als hätte er auf meine Ankunft gewartet.

»Schön, dass du hier bist«, begrüßt mich Anton.

Ich überlge, ob ich Anton von meinen jüngsten Entdeckungen erzählen oder sie besser für mich behalten soll. Vielleicht spürt er bereits die Veränderung in mir. Letztlich entscheide ich mich, vorerst zu schweigen.

»Du hast sicherlich Fragen wegen der Blume, die ich dir neulich gegeben habe«, wendet er sich mir zu und fragt dann: »Hattest du Erfolg bei deiner Suche?«

»Ja, das hatte ich, und ich habe einige Fragen«, antworte ich. »Was hat es mit dieser Blume auf sich und woher hast du sie?«

Antons Blick schweift in die Ferne, als würde er in der weiten Welt vor sich nach den passenden Worten suchen. Nach einem Moment der Stille sagt er, dabei geheimnisvoll und zugleich ein wenig hoffnungsvoll:

»Die Antwort auf die Frage nach der Bedeutung dieser Blume musst du selbst finden. Doch ich kann dir verraten, wo ich sie gefunden habe. Vielleicht findest du dort das, wonach du suchst.«

Zunächst bin ich enttäuscht über diese vage Entgegnung, doch dann empfinde ich eine tiefe Dankbarkeit für seine Unterstützung.

»Das ist sehr nett von dir«, erwidere ich. »Wo hast du sie denn gefunden?«

»In diesem Waldgebiet gibt es eine Engelsstatue, die sich deutlich von den anderen abhebt. Ihr strahlendes Licht wirkt heller, und die Flammen in den umliegenden Feuerschalen erscheinen weiß, als ob ein Zauber sie umgibt.«

Antons Stimme ist von einer gewissen Ehrfurcht durchdrungen.

»An einem Tag, als ich dort war, um seltene Kräuter zu sammeln, fand ich die Blume vor der Treppe der Statue liegen. Ihr magisches Leuchten zog mich an, und ich spürte eine tiefe Gewissheit, die mir sagte, ich solle die Blume behalten, bis jemand kommt, der sie braucht. Als du dann hier aufgetaucht bist, war es, als ob das Universum mir ein Zeichen gegeben hätte. Ich wusste sofort, dass du derjenige bist, der diese Blume erhalten sollte. Also habe ich sie dir gegeben, und nun liegt es an dir, die Botschaft zu entschlüsseln, die sie verbirgt.«

Entschlossen, die Engelsstatue aufzusuchen, die mein Vater erwähnt hat, verabschiede ich mich von ihm. Der Wald auf dieser Seite ist wunderschön, und ich spüre die kraftvolle Energie des Lebens, das überall um mich herum pulsiert. Ich erreiche den Ort aus Antons Erzählungen und sie erweisen sich als wahr. Die Engelsstatue, von einer strahlenden weißen Aura umgeben, übt eine unwiderstehliche magische Anziehungskraft auf mich aus und erhellt die gesamte Umgebung. Als ich mich ihr nähere, entdecke ich eine Inschrift, die auf einen Stein direkt unterhalb der Statue eingraviert ist.

In mir wohnt eine Kraft, die die Finsternis durchdringt und das Innere erleuchtet. Ihr Schein bringt nicht nur Klarheit, sondern auch die Barmherzigkeit der Erkenntnis und des Friedens.

Genau die gleichen Worte, die ich bereits an der weißen Schale vor dem großen Tor in der Unterwelt gelesen habe. In diesem Moment höre ich die Stimme des Engels, die ich schon einmal vernommen habe.

»Ich bin froh, dass du den Weg hierher gefunden hast«, spricht sie zu mir.

Ich erkenne diese Stimme. Es ist die meiner Mutter. Während ich ihr zuhöre, erfüllt mich ein Gefühl der Geborgenheit. Als ob ihre Anwesenheit all die Zweifel und Sorgen wegwischen würde, die mich bisher begleitet haben. Langsam beginne ich zu verstehen, warum ich sie in Verbindung mit dem Engel in dieser Welt wahrnehme. Ihre Präsenz ist überall um mich herum. Sie war die ganze Zeit schon hier, an meiner Seite.

»Komm näher und schließe deine Augen«, fügt sie hinzu.

Ich trete noch näher heran und folge ihrer Bitte, indem ich meine Augen schließe. Ein helles Licht umhüllt mich, und es fühlt sich an, als würde ich schweben. Als ich meine Augen öffne, finde ich mich auf einer riesigen Brücke wieder, die sich über den Wolken erstreckt. Sie führt zu einer Engelsstatue, die weit größer ist als alle, die ich bisher entdeckt habe.

»Mein geliebtes Kind«, beginnt die Stimme erneut zu sprechen, während ich langsam über die Brücke zu der Statue hinübergehe.

»An diesem heiligen Ort des Lichts begrüße ich dich mit offenen Armen. Möge dein Herz Frieden finden inmitten dieser strahlenden Schönheit. Du hast den Weg zu mir gefunden, durch die Schleier der Zeit hindurch, und hier sind wir wieder vereint, in diesem himmlischen Reich des Lichts. Spüre die grenzenlosen Liebe, die zwischen uns fließt. In diesen himmlischen Gefilden gibt es keinen Schmerz und keine Trennung, nur reine Harmonie und Einklang. Lass uns gemeinsam diese Oase des Friedens erkunden, wo jede Sorge und jeder Zweifel verwehen.«

Die Worte meiner Mutter dringen tief in mein

Herz ein, sie sind erfüllt von einer Weisheit und Sanftheit, die ich so nicht erwartet habe. Sie klingt anders als in meinen Erinnerungen, doch gleichzeitig vertraut und beruhigend. Mit ihrer Präsenz steigen auch Schuldgefühle in mir auf. Was habe ich nur getan? Die Frage nagt an mir, während ich verzweifelt versuche, meine Tränen zu unterdrücken und meine zerrissenen Gefühle zu ordnen.

»Mein geliebtes Kind, höre meine Worte«, spricht sie. »Du trägst keine Schuld an meinem Fortgang von der Erde. Dein Herz ist rein, und deine Liebe ist aufrichtig.«

Obwohl es mir schwerfällt, die Gedanken der Schuld loszulassen, nehme ich durch ihre Worte eine gewisse Leichtigkeit in mir wahr. Mit jedem Schritt, den ich auf der Brücke voranschreite, fühle ich mich ihr näher. Die eindrucksvolle Engelsstatue erhebt sich vor mir, und ihr Anblick füllt mich mit einer tiefen Zuversicht, dass alles gut ist.

Von Nahem erscheint sie mir noch viel größer und imposanter, als ich sie aus der Ferne wahrgenommen habe.

»Geliebtes Kind«, beginnt sie erneut. »Inmitten der Stürme des Lebens gibt es einen kostbaren Schatz, den wir oft übersehen: die unerschütterliche Gelassenheit, die tief in dir ruht, fernab von Ängsten und Zweifeln. Es ist jene Quelle der Akzeptanz, die es uns erlaubt, uns selbst bedingungslos anzunehmen, trotz aller Fehler und Schwächen, die uns ausmachen. Es geht darum, sich nicht von den Schatten der Vergangenheit oder den Ängsten der Zukunft gefangen nehmen zu lassen, sondern in der Gegenwart zu verweilen, im Hier und Jetzt, wo alles möglich ist. Ein jeder von uns trägt das Licht der Erkenntnis in sich, das uns den Weg weist und uns daran erinnert, dass wir nie allein sind. Erlaube dir selbst, dieses innere Juwel zu entdecken und zu pflegen, denn es ist der Schlüssel zu einem erfüllten und glücklichen Leben. Möge es dein Herz durchdringen und dich auf deinem Weg begleiten, immer und immer wieder.«

Jedes ihrer Worte berührt mein Herz und erinnert mich daran, dass der Frieden in uns liegt. Es bedeutet, dass der Einklang von Körper, Geist und Seele mir erlaubt, meine Gedanken und Gefühle anzunehmen, ohne von ihnen überwältigt zu werden. Mit mir im Frieden zu sein, gibt mir auch die Gelassenheit, selbst in schwierigen Zeiten einen klaren Kopf zu bewahren und angemessen zu reagieren. Durch diese Ausgeglichenheit kann ich mich von der Vergangenheit lösen und im Hier und Jetzt leben, ohne von Ängsten oder Sorgen über die Zukunft belastet zu werden.

Ich erkenne jetzt, dass innerer Frieden kein endgültiger Zustand ist, den ich einmal erreiche und dann für immer behalte. Es ist eine fortwährende Reise, die Achtsamkeit, Selbstreflexion und die Bereitschaft zur inneren Arbeit erfordert. Indem ich mich selbst besser kennenlerne und meine inneren Konflikte löse, kann ich die Gelassenheit finden, die mir Halt gibt und mir dabei hilft, ein erfülltes und authentisches Leben zu führen.

»Ich möchte, dass du weißt, dass ich immer bei dir bin, in deinem Herzen und in deinen Erinnerungen. Ich liebe dich über alles, und nichts wird jemals zwischen uns stehen. Möge der Frieden, den du in dir gefunden hast, dich immer begleiten und dir Kraft geben, deine Träume zu verwirklichen und deine Herausforderungen zu meistern. Lebe wohl, mein geliebtes Kind.«

Mit meinen Händen an meinem Herzen spüre ich eine Welle der Dankbarkeit. Nicht nur für ihre wahren Worte, sondern für alles, was sie je für mich getan hat. Für das Geschenk des Lebens, ihre bedingungslose Liebe und dafür, dass sie immer für mich da war.

Während ich ihre Gegenwart noch immer wahrnehme, fühlt es sich gleichzeitig an, als ob sie nicht mehr anwesend ist. Es gibt mir Trost zu wissen, dass sie immer bei mir ist, egal wo ich bin oder was ich tue.

Ich schaue mich noch ein wenig hier um, lasse meinen Blick über die atemberaubende Umgebung schweifen, finde jedoch nichts, was meine Aufmerksamkeit auf sich zieht. Als ich darüber nachdenke, wie ich zurückkehren kann, entscheide ich mich, denselben Weg zu nehmen, den ich gekommen bin.

Ich trete behutsam näher an die Engelsstatue heran, und schließe meine Augen, um mich vollständig diesem Moment hinzugeben. Ein strahlendes Licht umhüllt mich erneut, und ich fühle mich, als würde ich schwerelos durch die Luft schweben.

Als ich meine Augen öffne, stehe ich wieder im Wald, in der Nähe der Engelsstatue. Die Rückkehr in die Welt der Bäume und Blumen fühlt sich vertraut an, aber dennoch anders, als hätte ich eine tiefe Erkenntnis über das Leben und die Welt gewonnen. Ich atme tief ein und die reine Luft füllt meine Lungen, während ich die Pracht der Natur um mich herum erneut bewundere. Ein kurzer Moment der Traurigkeit ergreift mich, als ich mich entscheide, diesen Ort zu verlassen und meinen Weg fortzusetzen. Ich betrachte ein letztes Mal die atemberaubende Landschaft – die majestätischen Berge und das Meer aus bunten Blumen. Sie alle sind von überwältigender Schönheit, und doch fühle ich den Ruf, nach Hause zurückzukehren. Ich habe nun alle wichtigen Teile gefunden, und es ist an der Zeit herauszufinden, was mich hinter dem großen Tor in der geheimnisvollen Höhle erwartet.

Kapitel 9

Heimkehr

Auf meinem Weg zur Höhle schlendere ich an dem beeindruckenden Bauwerk vorbei, dessen zwei Statuen über das Gelände wachen. Ich erinnere mich daran, dass ich die geheimnisvolle Frau, der ich begegnet bin, erneut aufsuchen wollte und beschließe einen Abstecher zu ihr zu machen. Ihre Identität bleibt ein Rätsel, und doch spüre ich eine tiefe Verbindung zu ihr.

Als ich an ihrem üblichen Aufenthaltsort ankomme, finde ich jedoch keine Spur von ihr. Stattdessen entdecke ich auf dem Boden, genau an der Stelle, an der wir uns zuletzt begegnet sind, einen Briefumschlag. Mein Name ist darauf geschrieben: Renold von Silberberg. Vorsichtig öffne ich ihn und ziehe ein Blatt heraus, das nicht aus gewöhnlichem Papier gefertigt ist, sondern aus einem antiken Material, das an vergilbten Papyrus erinnert. Die raue Textur und die natürliche Farbe verleihen ihm eine einzigartige und zeitlose Ästhetik. Als ich das Papier in den

Händen halte, spüre ich die Geschichte, die es birgt. Jeder Buchstabe, der darauf zu lesen ist, scheint mit Bedacht und Sorgfalt geschrieben zu sein.

Mein lieber Renold,

mit Dankbarkeit und Stolz blicke ich auf deine Reise, die dich mit Weisheit und innerer Stärke erfüllt hat. Du stehst an der Schwelle zu einer neuen Ära, bereit, die Schatten hinter dir zu lassen. Deine Erfahrungen haben dich gelehrt, die wahren Schätze des Lebens und die unermessliche Liebe in dir zu erkennen.

Möge dich der Ruf deines Herzens leiten, frei von Zweifeln und Ängsten. Erinnere dich daran, dass du Schöpfer deiner Realität bist und Hindernisse nur deine Stärke offenbaren. Möge Liebe und Licht deinen Weg begleiten, und meine Wärme dich immer erreichen, wohin du auch gehst.

In ewiger Liebe und Verbundenheit,

Deine Amalia

Die Zeilen erreichen mein tiefstes Inneres wie eine anmutige Flut, die das Ufer meines Herzens umspült. Jede Zeile fühlt sich an wie ein zärtlicher Kuss, der meine Seele berührt. Ihre Worte scheinen direkt zu mir zu sprechen, als ob sie meine Gedanken, meine Träume und meine Ängste kennt, die tief in mir schlummern.

Obwohl mir Amalia vollkommen fremd ist und ich mich nicht erinnern kann, sie jemals getroffen zu haben, spüre ich eine tiefe Verbundenheit zu ihr, als wäre sie eine verwandte Seele. Ihre Worte schlagen eine Brücke zwischen unseren Herzen, die uns näher zusammenführt, selbst über die Grenzen von Zeit und Raum hinweg.

Ich bin so dankbar für Amalias Güte und Weisheit, die sie mit mir teilt. Selbst wenn ich nicht genau weiß, was die Zukunft bringen wird, ist ihr Brief ein Versprechen von Liebe, Erkenntnis und auch einem Wiedersehen. Jedes ihrer Worte fühlt sich an wie ein leuchtender Stern, der den Weg erhellt, der vor mir liegt. Ich erkenne, dass diese Höhle nicht nur ein physischer Ort ist, sondern auch ein Symbol für die Dunkelheit und die unerforschten Tiefen meines Seins. Das Tor, von dem sie spricht, ist mehr als nur ein einfacher Eingang. Es ist der Übergang zu einer neuen Wirklichkeit, zu einer Erkenntnis, die jenseits meiner Vorstellungskraft liegt.

Nun wird es endlich Zeit zur Höhle aufzubrechen. Der Gedanke daran, dass es kein Zurück mehr gibt, löst eine Mischung aus Angst und Aufregung in mir aus. Doch ich bin bereit, diesen Schritt zu wagen. Die Erkenntnis, dass meine Reise hier ihr Ende findet und ich den unbekannten Herausforderungen gewachsen bin, erfüllt mich mit einer ruhigen Entschlossenheit. Obwohl ich nicht weiß, was sich hinter dem Tor verbirgt, fühle ich tief in mir, dass es eine Welt voller neuer Möglichkeiten ist, eine Welt, die darauf wartet, von mir entdeckt zu werden.

Als ich schließlich vor dem Eingang der Höhle stehe, trete ich mit erhobenem Haupt und mutigen Schritten hinein. Jeder Schritt erinnert mich an die Abenteuer, die ich hier erlebt habe. Diese haben nicht nur meine äußere Welt verändert, sondern auch die inneren Landschaften meiner Seele.

Bevor ich in diese Welt gekommen bin, fühlte ich mich wie ein Gefangener in den festen Grenzen der Gesellschaft, gefesselt von den Ketten der Konformität. Ich atmete, aber ich lebte nicht wirklich. Meine Träume und Wünsche, einst so lebendig und strahlend, waren wie unter einer dicken Schicht aus Zweifeln und Ängsten begraben. Jeder Tag war wie das mühselige Wandern durch ein endloses Labyrinth aus Erwartungen und Verpflichtungen, die schwer auf mir lasteten. Die Reise in dieser wunderschönen Welt, so erschütternd und verwirrend sie auch manchmal war, hat mir die Augen für das Potenzial geöffnet, aus dieser Enge auszubrechen und meine eigenen Grenzen zu überwinden.

Ich erkenne, dass das Leben mehr ist als bloßes Funktionieren, mehr als das Erfüllen von Erwartungen und das Einhalten von Regeln. Es ist ein ständiger Fluss von Möglichkeiten und Chancen, die wir jederzeit ergreifen können. Durch diese Welt hier habe ich gelernt, dass alles möglich ist, wenn wir den Mut haben, uns dem Unbekannten zu stellen und unser Licht in die Dunkelheit zu bringen. Der Verlust meiner Mutter war wie ein schwarzes Loch, das mich verschlang, doch gleichzeitig war er auch der Auslöser, der mich dazu brachte, meinen inneren Frieden zu finden. An diesem wundersamen Ort habe ich die Schönheit entdeckt, die in jedem Menschen verborgen liegt, die Fähigkeit, sich auf das Positive zu konzentrieren und die Negativität zu überwinden. Ich habe gelernt, im Hier und Jetzt zu sein, meine Aufmerksamkeit auf das zu lenken, was wirklich wichtig ist. Die Einsicht, dass alles, was wir brauchen, bereits in uns ist, hat mich befreit. Sie ist der erste Schritt auf einer Reise voller Abenteuer und Erfahrungen, auf der ich lernen darf, meine Bewusstseinszustände im Alltag anzuwenden. Nichts geschieht ohne Grund, und mir wird bewusst, dass diese Expedition von höheren Mächten gelenkt wurde. Vielleicht ist es meine Bestimmung, die Botschaft des inneren Friedens in die Welt zu tragen. Was auch immer es ist, ich bin bereit, es zu erfahren und das, was auf mich zukommt, mit offenen Armen zu empfangen.

In den Tiefen der Höhle angekommen, lasse ich mich erneut von den schillernden Farben der Pilze verzaubern. Entlang dieses magischen Farbspektakels schreite ich geradewegs auf das Tor zu. Mit jedem Schritt wird meine Tasche, in der die kostbaren Blumen ruhen, wärmer, als würden sie die Nähe des Tores spüren.

Schließlich stehe ich unmittelbar davor. Ich nehme die Schachtel mit den Blumen aus meiner Tasche und begebe mich zur ersten der drei Schalen. Vorsichtig lege ich die rosa farbende Rose in die rosaleuchtende Schale, die Chrysanthemenblüte in die grün schimmernde Schale und die pfirsichfarbene Rose in die letzte Schale. Jede Blume findet ihren Platz, als würden sie alle drei darauf warten, ihren

Beitrag zur bevorstehenden Enthüllung zu leisten. Die Klänge hallen in der weiten Höhle wider, während sich nun das massive Tor langsam öffnet. Mein Herzschlag beschleunigt sich vor Aufregung, als ich mich ihm nähere und ein strahlendes Licht durch die Öffnung fällt. Ein magischer Sog scheint mich geradezu ins Innere zu ziehen, als ich meinen Fuß auf die Schwelle setze. In diesem magischen Moment verschmelzen Raum und Zeit zu einer einzigen pulsierenden Energie, während ich mich weiter in das leuchtende Portal hineinbewege.

Ganz plötzlich umhüllt mich gleißendes Weiß, eine blendende Helligkeit, die meine Sinne überwältigt. Die Umgebung um mich herum scheint für einen Augenblick zu flackern, als würde sie zwischen zwei Welten schweben.

Als das grelle Licht schwächer wird, finde ich mich in einem Krankenhausbett wieder, umgeben von den monotonen Geräuschen medizinischer Apparate. Die Klänge der Maschinen hallen in meinen Ohren wider, während ich die veränderte Umgebung langsam in meinem Geist wahrnehme. Als mein Blick durch den Raum gleitet, entdecke ich Alma, meine liebe Schwester, die auf einem Sofa in der Ecke ruhig schlummert. Ein freudiges Lächeln huscht über meine Lippen, während ich sie betrachte. Offensichtlich hat sie keine Mühe gescheut, Tag und Nacht an meiner Seite zu wachen. Ihre Gegenwart erfüllt mich mit tiefem Dank und einem Gefühl der Geborgenheit, während sie mir Trost spendet und zeigt, dass ich nicht allein bin.

Nun wird mir klar, dass die starke Verbundenheit, die ich in meinem Traum empfunden habe, von ihrer treuen Begleitung herrührt. Sie war die ganze Zeit bei mir, auch wenn ich es nicht bewusst wahrgenommen habe. Ihr Einsatz für mich, ihre bedingungslose Liebe berühren mein Herz zutiefst.

Ich beobachte Alma einen Moment lang, wie sie friedlich schläft. Die sanften Wellen ihres Atems bringen eine Ruhe in den Raum, die mich selbst entspannt. Langsam öffnet sie ihre Augen, und in dem Moment, in dem sich unsere Blicke treffen, breitet sich ein leuchtendes Lächeln auf ihrem Gesicht aus. Einen Augenblick lang scheint sie den Atem anzuhalten, bevor sie, überwältigt von Freude, auf mich zukommt und mich fest in ihre Arme schließt.

»Mein lieber Renold«, jubelt sie vor Freude. »Du bist wieder da!«

Ihre herzergreifende Begrüßung durchflutet mich. Ja, ich bin zurückgekehrt, doch nicht als derselbe Mensch, der diese Welt einst verlassen hat. Die

Zeit meiner Abwesenheit hat mir eine neue Sicht auf das Leben geschenkt, die von tiefer Dankbarkeit für diese zweite Chance geprägt ist. Ich spüre eine innere Stärke, die ich zuvor nicht kannte, und eine feste Entschlossenheit, mein Leben auf eine neue Art und Weise zu gestalten. Ich sehe nun die Schönheit in den kleinen Dingen, schätze die Momente der Freude und des Glücks, die mir das Leben schenkt. Die Herausforderungen, denen ich begegnet bin, haben mich geformt und gestärkt. Sie haben mir gezeigt, dass ich mehr bin, als ich jemals für möglich gehalten hätte. Diese zweite Chance ist ein Geschenk, das ich mit Demut annehme. Ich bin dankbar für die Menschen, die an meiner Seite waren, während ich meinen Weg gegangen bin. Jetzt ist es an der Zeit, dieses Geschenk zu ehren, indem ich jeden Tag bewusst lebe, meine Träume verfolge und die Schönheit des Lebens in all ihren Facetten genieße.

Plötzlich geht die Tür leise auf, und ein Krankpfleger schaut hinein. Mit schnellen Schritten nähert er sich meinem Bett und mustert mich einen Moment lang, als wolle er sicherstellen, dass ich stabil bin.

»Wie geht es Ihnen?«, fragt er.

Da mir die Worte noch schwerfallen, nicke ich,

um ihm zu signalisieren, dass es mir gut geht.

»Alles sieht gut aus«, sagt er beruhigend, nachdem er die Geräte kontrolliert hat. »Ich lasse Sie jetzt erstmal in Ruhe. Es ist spät, und der Arzt kommt morgen früh. Wenn irgendetwas ist, drücken Sie einfach den Knopf.«

Er zieht sich leise zurück und schließt die Tür hinter sich. Für einen Moment bleibt mir das Bild des Krankenpflegers im Kopf. Etwas an ihm kommt mir seltsam vertraut vor. Die schlichte, aber beruhigende Art, mit der er mich behandelt hat, erinnert mich an jemanden... Konrad aus meinem Traum. Doch ehe ich weiter darüber nachdenken kann, wendet Alma sich wieder mir zu.

»Ich habe dich so sehr vermisst«, gesteht Alma, als sie sich von mir löst und mich mit ihren glänzenden Augen ansieht.

»Seit fast fünf Monaten komme ich jeden Tag hierher, um nach dir zu sehen und zu beten, dass du wieder aufwachst.«

Fünf Monate. Die Zeit in meinem Traum scheint in einem anderen Tempo verstrichen zu sein. In diesen fünf Monaten habe ich eine Reise durch mein Innerstes erleben dürfen und bin den dunklen Gängen meiner Gedanken gefolgt. In dieser Zeit habe ich mehr über mich selbst erfahren, als ich es jemals für möglich gehalten habe.

»Aber jetzt bin ich hier, bei dir«, versichere ich ihr mit einem beruhigenden Lächeln. »Alles wird wieder gut!«

Ihr Ausdruck wird ernster, und ich spüre die Schwere ihrer Worte, bevor sie sie ausspricht.

»Weißt du noch, was passiert ist?« fragt sie mich leise. Ich nicke und nehme ihre Hand fest in meine.

»Sie hat es nicht überlebt«, sagt sie mit brüchiger Stimme.

Ich kann den Schmerz in ihren Augen sehen, die Trauer, die sie tief in sich trägt.

»Ja, Schwesterherz«, erwidere ich sanft. »Ich habe sie getroffen.«

Ein Moment der Stille liegt zwischen uns.

»Ich habe so einen Durst«, sage ich schließlich, um das Gespräch in eine andere Richtung zu lenken.

»Könntest du mir bitte eine Flasche Wasser bringen?«

Alma nickt sofort.

»Natürlich!« Mit einem Lächeln auf den Lippen eilt sie zur Tür.

»Ich bin gleich zurück!«, ruft sie mir noch zu, bevor sie den Raum verlässt.

Als sich die Tür hinter Alma schließt, beginnen die Erinnerungen an meinen Traum, und ein tiefes

Nachdenken über mein bisheriges Leben ergreift Besitz von mir. Ich erkenne, dass ich mich nie wirklich gesehen habe. Statt meinen eigenen Weg zu gehen, habe ich mich dem ständigen Streben nach Erfolg und Reichtum hingegeben. Immer habe ich im Außen nach Dingen gesucht, von denen ich glaubte, dass sie mich glücklich machen würden. Doch nun, im Nachhall meines Traums, wird mir klar, warum ich nie anhaltendes Glück gefunden habe, obwohl ich gewisse Ziele erreicht habe. Es war, weil ich nie wirklich gefühlt habe. Meine Erfolge waren oberflächlich, angetrieben von den Erwartungen anderer und meinem eigenen Streben nach Anerkennung. Der wahre Wunsch meines Herzens blieb dabei unbeachtet. Nun begreife ich, dass der Schlüssel zur Veränderung nicht im Außen liegt, sondern tief in meinem Inneren verborgen ist. Der Weg zu einer erfüllten Existenz beginnt mit der Akzeptanz und Liebe zu mir selbst. Bin ich bereit, mich so anzunehmen, wie ich bin? Die Antwort ist ein klares: Ja!

Die Gedanken, was andere über mich denken könnten, verblassen in der Bedeutungslosigkeit. Früher hätten mich die Urteile anderer vielleicht beunruhigt, aber jetzt ist all das unwichtig. Denn ich habe eine tiefgreifende Einsicht gewonnen: Ich bin der Schöpfer meines eigenen Lebens und ich habe die Macht, es nach meinen Vorstellungen zu gestalten.

Eine neue Welt der Möglichkeiten liegt vor mir, jenseits aller Grenzen. Es ist an der Zeit, mich authentisch zu zeigen und meine wahre Stärke zu leben. Ich stehe zu mir selbst und zu meinem Weg. Jetzt werde ich die Welt mit offenen Armen empfangen und meine Träume leben, voller Fülle und Freiheit.

Während ich auf meinem Krankenhausbett liege, fällt mein Blick durch das Fenster auf die Welt dahinter. Dort breitet sich eine Szenerie aus, die mir vertraut und dennoch neu erscheint. Als ob die Welt darauf wartet, von mir mit neuen Perspektiven betrachtet zu werden.

Ein Klang von Schritten nähert sich, gefolgt von einem leisen Knarren, als sich die Tür öffnet. Alma kommt mit einer Flasche in den Händen herein.

»Für dich, mein lieber Renold«, sagt sie strahlend und stellt das Wasser auf meinen Nachttisch ab.

Ihre Fürsorge und Hingabe berühren mich tief, und ich kann nicht umhin, ihr ein aufrichtiges Lächeln zu schenken.

»Danke, Schwesterherz«, erwidere ich mit einem dankbaren Blick.

Wir reden noch eine Weile aufgeregt miteinander, lachen gemeinsam und genießen es, nach meinem langen Schlaf dies zusammen erleben zu dürfen. Es ist ein kostbarer Moment der Verbundenheit, der uns noch näher zusammenrücken lässt. In Almas Augen sehe ich die Freude darüber, dass ich endlich wieder wach und hier bei ihr bin. Es ist ein Augenblick, den ich für immer in meinem Herzen bewahren werde.

Doch langsam werden ihre Augen schwerer, und die Erschöpfung zeichnet sich auf ihrem Gesicht ab.

»Vielleicht solltest du dich jetzt mal richtig ausschlafen«, schlage ich vor. »Alles ist jetzt wieder in Ordnung, ich bin ja wieder da.«

Ich versuche, sie zu beruhigen und ihr die Gewissheit zu geben, dass ich wieder bei ihr bin. Mit einem lauten Gähnen stimmt sie meinem Vorschlag zu und gibt mir einen Kuss auf die Stirn.

»Schlaf gut, bis später«, verabschiedet sie sich, bevor sie leise aus dem Zimmer schleicht.

In der Stille des Krankenzimmers liege ich noch eine Weile wach und lasse meine Gedanken schweifen. Die Ruhe der Nacht umhüllt mich, während die Erinnerungen an meine Vision lebendig in meinem Geist tanzen. Als ob die Reise, die ich erleben durfte, mir die Zeit geschenkt hat, mich innerlich zu sammeln und mich auf das, was vor mir liegt, vorzubereiten. In meinen Gedanken male ich mir aus, was

ich als Erstes tun werde, sobald ich dieses Kranken-
haus verlasse. Es ist wie der Beginn eines neuen Ka-
pitels in meinem Leben, voller unentdeckter Wege.
Die Erfahrungen meiner Vision haben mich gestärkt
und darauf vorbereitet, das Unmögliche möglich zu
machen. Ich merke, wie meine Entschlossenheit stärker wird, mich den Herausforderungen zu stellen, die
einst unüberwindbar erschienen. Es ist an der Zeit,
die Fesseln der Vergangenheit zu lösen und mich von
alten Mustern und Begrenzungen zu befreien.

Ich bin bereit, die Welt mit neuen Augen zu sehen,
und jedes Ereignis als Chance zu nehmen, um zu
wachsen und zu lernen. Ich bin gewillt, die verborgenen Schätze zu entdecken, die jenseits der Grenzen
des Gewohnten liegen und mich von der Magie des
Lebens leiten zu lassen.

Mit einem tiefen Gefühl von Vertrauen und Zuversicht im Herzen öffne ich mich für die Weisheit
des Universums und empfange dankbar, was es
für mich bereithält. Jeder einzelne Atemzug erfüllt
mich mit einer unbeschreiblichen Vorfreude auf die
Abenteuer, die auf mich warten. Ich bin bereit, die
Seiten meines Lebens umzublättern und eine neue
Geschichte zu schreiben – eine Geschichte voller
Mut, Wachstum und unendlicher Möglichkeiten.